Sergei Dovlatov
Way
108 ST
ONE

Cadão Volpato

QUE COISA ESTRANHA PRA ACONTECER COM UMA CRIANÇA

EDITORA

Pelé e o Cosmos, Nova York e um disco perdido

“Como os velhos,
lembrar,
e como as crianças,
ser honesto”
W. H. Auden

Tudo isso aconteceu em outra era

Em nosso prédio era estocado o gelo que conservava a carne da cidade. Levou seis meses para ser descongelado e virar um edifício de dezenas de apartamentos a alguns passos do rio Hudson, por onde a carne chegava.

Hoje, numa sala meio secreta do prédio, há um pebolim. Na parede em frente, uma bandeira do Cosmos, o time nova-iorquino de Pelé que já não existe mais, a não ser na quarta divisão de alguma dessas ligas americanas obscuras — de um esporte que eles nem mesmo chamam de futebol.

Na rua atrás da nossa, Pelé está no Whitney Museum, nas famosas polaroides e serigrafias de Andy Warhol. Num parque próximo, um velho de cabeleira branca de Einstein desliza sobre patins, praticando um hóquei solitário. Às vezes faz o que poderia ser considerada uma embaixada, como alguém que batesse bola sozinho. Seu cabelo branco flutua na manhã gelada, tem o peso da neve que cai. É um espetáculo particular, ao qual nos acostumamos no caminho da escola. Talvez ele tenha sido um Pelé do hóquei.

Mas só existiu *um* Pelé, e essa foi a primeira palavra que eu disse na vida.

Elvis morreu em 16 de agosto de 1977. Jimmy Breslin, a leitura mais quente do sábado em Nova York, fora convidado para o papel de

Popeye, em *Operação França*, perdendo para Gene Hackman (nem sei quantas vezes revi *Operação França* apenas para observar a velha Nova York). O filho de Sam, David Berkowitz, um carteiro e matador aleatório que apavorou a cidade, escreveu uma porção de cartas para Breslin. Em primeiro de outubro, no estádio dos Giants, Pelé se despediu do futebol para sempre.

Antes da nossa partida para Nova York, um amigo me deu uma camiseta e um moletom com a imagem de Pelé conduzindo a bola contra um fundo escuro, e me pediu que procurasse um vídeo no MoMa PS1 em que índios brasileiros foram filmados de um helicóptero sendo abatidos por caçadores e amontoados numa clareira. O vídeo, real, era parte da obra de um artista mexicano. Mas qual? Lembrei da foto do primeiro kranhacãrore.

Para o Natal de 2018, meu filho de 8 anos pediu uma camisa 10 do Santos, com o nome de Pelé grafado nas costas em caracteres dourados. Ele é Pepe para a enfermeira da escola americana, Pepe como o companheiro do Santos, e Pedro, como o Martinelli, um nome imposto pelo irmão mais velho, mas que acabou caindo como uma luva.

Ainda no final de 2018, encontrei Pedro Martinelli em São Paulo, na rua, passeando com seu cachorrinho. A barba comprida, o porte de caçador (quando morava afastado da cidade gostava de caçar, é de uma família de caçadores italianos), ele capturou a imagem do índio gigante, o kranhacãrore, graças à qual conheceu a concentração secreta do Santos, no alto da Serra do Mar, entre as nuvens. Foi assim: conversando sobre a foto com o rei do futebol no ônibus do time.

No verão de 1977, caiu uma noite primitiva sobre Nova York, o blecaute de 13 de julho. No outono, Pelé na certa estava se despedindo de Nova York, andando pela Quinta Avenida disfarçado com um casaco de peles e óculos de inseto.

João Gilberto também estava em Manhattan, hospedado num hotel de segunda categoria, para lançar o disco *Amoroso*. Ao violão, num quarto apertado, ele tocou todas as músicas para Zuza Homem de Mello, que também andava por Nova York.

Uma coruja sobrevoa o Morumbi na tarde em que vejo Pelé jogar. Quando os refletores acendem, enxergamos sua sombra. Como ele não está bem, a sombra apenas o contempla. O goleiro do Santos, vestido de preto da cabeça aos pés, é outra sombra plantada na frente da pequena área, à espera, como todos nós. De repente, Pelé poderá meter uma bomba de esquerda no ninho da coruja do adversário. O adversário, no caso, não importa. Assim como caminha, Pelé chuta com as duas pernas — talvez seja destro, talvez seja canhoto. Então, nunca se sabe.

Primeiro de outubro de 1977, o jogo da despedida. Entre lágrimas, ele vê Muhammad Ali chorando no banco de reservas ao lado de Dondinho, seu pai. Pelé dá um beijo em Ali, "o amigo, o ídolo, o herói", que lhe diz: "O futebol é mais bonito que o boxe".

Tudo passa, a vida vai ficando cada vez mais próxima do coração, que é para onde as torrentes levam, e então é hora de parar. Tudo tem seu tempo, tudo se apaga, o estádio, o soco no ar, a velhice na cadeira de rodas, a memória.

Coutinho morreu ontem, e Pelé disse que eles ainda fariam sua última tabelinha em algum lugar no céu. É que os dois sempre foram capazes de fazer qualquer coisa com uma bola — chover e parar uma guerra, por exemplo, só para começar. Num jogo tão bonito quanto a dança de Charles Chaplin com o globo em *O Grande Ditador*.

Em nossa primeira semana no apartamento de Manhattan, eu e o mais velho saímos para buscar um pôster de Chaplin que ele havia encomendado com a mãe aqui perto, no mesmo dia em que foram ao lendário Caffe Dante, onde ainda não botei os pés. Na loja, antes de sair, eu disse: "De volta ao Alasca".

E o pôster foi trazido a 16 graus abaixo de zero, o garoto abraçado a ele como se o objeto fosse um ser cheio de calor, embora não desse para ficar ao ar livre.

Paramos para um café. Depois retomamos o caminho de volta. Ninguém ali queria pegar um táxi, detestamos táxis, mesmo os amarelos. Urramos de frio na calçada algumas vezes.

É uma ironia, um pôster do filme *Sunnyside*. Nele, Carlitos está sorridente, o vagabundo com a bengala de bambu e os sapatos gigantes. Está prestes a pegar o caminho do sol, que sempre leva ao fim do filme. Lembro de reler o poema de Carlos Drummond de Andrade sobre ele. "Velho Chaplin, a vida está apenas alvorecendo/e as crianças do mundo te saúdam".

Na estação seguinte, ficamos sem as crianças por duas semanas. Era o intervalo da primavera, o *Spring Break*, então saí para procurar dois endereços. A cidade parecia desolada, à espera de um tempo melhor, que aliás chega quando menos se espera, com magnólias por toda parte. Estamos vendo isso agora.

O primeiro endereço ficava perto de casa, na Rua Morton, 44. Ali morou Joseph Brodsky, o "pseudopoeta de calças de veludo" e "parasita social" que pegou 18 meses de trabalhos forçados no Círculo Polar Ártico — o tempo, segundo ele, mais feliz da sua vida.

Brodsky era um diabo de cabelo vermelho, um sujeito arrogante que aplaudia Nixon na televisão. Um poeta que escreveu: "As cidades cujo catálogo telefônico já não te incluem". Ou "Mais adiante singram os cruzadores e a amplidão fica azul-clarinho como roupa de baixo rendada". Ou "Fumo no escuro e respiro as algas podres". Ou:

Caro Telêmaco,
encerrou-se a Guerra
de Troia. Quem venceu, não lembro. Gregos,
sem dúvida: só gregos deixariam
tantos defuntos longe de seu lar...

Meu Telêmaco,
as ilhas todas se parecem quando
já se viaja há tanto tempo, o cérebro
confunde-se contando as ondas, o olho
chora entulhado de horizonte e a carne
das águas nos entope enfim o ouvido.

Não lembro como terminou a guerra
e quantos anos tens, tampouco lembro.

Cresce, Telêmaco meu filho, os deuses,
só eles sabem se nos reveremos.*

*Tradução de Boris Schnaiderman e Nelson Ascher

Brodsky só reencontraria o filho que teve com Marina Basmanova, a MB de seus poemas de amor, no fim da União Soviética. Nessa época ele morava na rua Morton, onde há um quintalzinho secreto nos fundos, no qual ele tomava sol feliz como o gato que descreve em *Marca D'Água*, aquele que acabara de comer peixe. "Se alguém tivesse se dirigido a mim nesse momento, eu teria miado". Ele morreu de um ataque cardíaco em outra casa, no Brooklyn.

Seu amigo, Serguei Dovlátov, também tivera um ataque cardíaco em Nova York, morrendo na ambulância seis anos antes. Dovlátov, um dos escritores mais engraçados do mundo e ao mesmo tempo alguém que não conseguira publicar nem um livro sequer na União Soviética de Brejnev, morava no Queens, em Forest Hills. Foi assim que, depois da visita à fachada da rua Morton 44, adivinhando o quintalzinho secreto, me desloquei até o Queens numa manhã ensolarada e congelante.

O Queens em que Dovlátov viveu estava deserto, sem graça, tão acanhado que dificilmente o escritor caberia dentro dele, com seus quase dois metros de altura. Mas lá estava a Sergei Dovlatov Way, a rua em que ele morava. Mas onde era o seu apartamento? Andei por toda a extensão procurando um prediozinho marrom igual a todos os outros. Ali Dovlátov teria se apertado, junto com a mulher, Elena, e a filha, ambas trazidas da antiga URSS. Ele que só poderia ocupar nada menos que a rua inteira.

Toda vez que ouço russo por aqui sinto sua presença. Ele deve estar por perto, trabalhando num jornal de expatriados, publicando na *New Yorker* e folheando seus próprios livros em inglês. Ele publicou dez por aqui.

Enquanto minha mulher ganha a vida em inglês numa companhia da cidade, alguma coisa me diz que o velho Pelé do hóquei enlouquece na primavera. Tudo conspira. O porteiro da escola dos meninos, Mr. Purovic, é um ex-boxeador da antiga Iugoslávia, nascido em Montenegro. Foi leão-de-chácara nos anos 70, e numa das casas noturnas em que trabalhou (incluindo aí o lendário Studio 54), avistou Pelé na fila, junto de um compatriota, Vladislav Bogicevic, o Bogie, jogador do Cosmos que ele conhecia. Pensou: "Pelé numa fila de New Jersey, como isso é possível?" E botou os dois para dentro.

Desde então, até no Studio 54, onde quer que Mr. Purovic fosse o leão-de-chácara, Pelé e Bogie entravam sem ficar em fila nenhuma, como se costuma fazer com os reis e seus cavaleiros. Pois Pelé não passou por muitas alfândegas do mundo sem mostrar o passaporte?

Mr. Purovic me mostrou a foto no celular. Nela, aparece um jovem ex-boxeador de nariz amassado abraçado a Pelé, o rei de Nova York.

A coruja empoleirada no alto de um prédio de tijolos vermelhos que a gente avistava do hotel aqui em Manhattan, antes de mudar para o apartamento: estaria viva? Ou seria uma ave de louça que alguém colocara ali para dar sorte ou para espantar os pombos da cidade? Ou ela ficaria assim mesmo, imóvel, até girar a cabeça mecanicamente e piscar os olhos imensos para uma ave gorda, marrom e burra refletida em suas pupilas dilatadas?

Também uma coruja do Jane — o hotel que abrigou as vítimas do Titanic e mudou de nome para homenagear uma ativista do Village, Jane Jacobs, que escreveu *Morte e Vida das Grandes Cidades Americanas* e impediu que uma linha de trem rasgasse Manhattan de ponta a ponta, destruindo seu bairro — abre os olhos fluorescentes para afugentar os pombos burros. Pois esta cidade não é feita de pombos e caixas d'água cônicas e fumaça e esquilos que são ratos de estola?

Os marinheiros que dormiam no Jane encontravam quartos do tamanho de uma cabine uterina. Logo ali na esquina acaba de abrir um mercadinho e cafeteria, o Three Owls. Três corujas. E leio um poema de Arthur Sze, um americano de origem chinesa, num velho cartaz dentro do vagão da linha C:

A Coruja

O caminho estava púrpura no crepúsculo.
Vi uma coruja empoleirada
num galho.

E quando a coruja se mexeu, um pó fino
caiu de suas asas. Eu estava em silêncio então. E senti

o tremor da coruja. E ao amanhecer, acordando,
o caminho estava verde na luz de maio.

Isso tudo leva à minha coruja do Morumbi, a que sobrevoou o estádio na tarde em que vi Pelé ao vivo.

Na primeira volta da escola, leio afixado na mesma linha C este poema de Charles Simic, outro estrangeiro em Nova York:

Toda manhã esqueço como é.
Vejo a montanha de fumaça
escalar a cidade em grandes passadas.
Eu não pertenço a ninguém.

Então me lembro dos meus sapatos,
de como tenho que calçá-los,
de como, ao me curvar para amarrá-los,
olharei para o chão.

Penso que será também o meu jeito de acordar todo dia em Nova York às 6h15 da manhã, acreditando que estou em outra cidade, aquela do sonho que deixei para trás na cama, em português, até me curvar para amarrar os sapatos e encontrar o chão da realidade.

Acordar em Nova York e pôr no fogo a minha chaleira vermelha, minha chaleira amiga, a chaleira vermelha esmaltada que apita quando está fervendo, que grita quando está em ebulição (não é novidade. Algumas pessoas choram pela rua, as que não têm teto às vezes uivam, as ambulâncias, a polícia e os bombeiros também gritam dia e noite por aqui).

Houve uma vez um menino que eu não conheci, mas que hoje é um homem e mora nos Estados Unidos, e que jantou com minha mulher na outra noite e contou a história de como encontrou Pelé em Londres quando era criança e passou algumas horas com ele no aeroporto, conversando sobre tudo, e de como arrancou dele seis autógrafos para cada um dos seus melhores amigos, bem como a promessa de ligar para ele e conseguir dois ingressos num jogo importante daquele ano, e o menino está esperando até hoje. Pelé desapareceu. Eu não conheci o menino, mas entrevistei seu pai na televisão. Ele ainda é um dos maiores pianistas do mundo.

No dia da morte de João Gilberto, eu estava com minha mulher em Nova York, num trem macio a caminho do subúrbio, que para nós era como ir ao campo (ela sempre sente falta de um jardim).

Chovia. Foi ela que me contou, lendo a notícia no celular, do mesmo jeito que fez no dia em que David Bowie morreu. Com enorme pesar.

Na morte de Bowie, eram 4 horas da manhã numa praia da Bahia. Levantamos e fomos ver o mar. Quando o sol nasceu, começaram a surgir os vizinhos da casa ao lado, que haviam tomado ayahuasca na noite anterior e agora andavam pelas redondezas feito zumbis, empapando as roupas brancas na água, plantando bananeira na areia e mergulhando na espuma das ondas.

A morte de João Gilberto combinava em tudo com o país que ficava para trás, envenenado pela burrice e pela violência. Não poderia ser pior: eram muitas casas andadas para trás, e mesmo assim nunca voltaríamos ao tempo de João Gilberto.

"Ele era o Pelé da bossa nova, não era?", alguém me perguntou. Pois é. Passei dias pensando numa velha questão: "Que diabo seriam os *youguis* da valsa dedicada a Bebel que ele gravou nos anos 70, *Como são lindos os youguis*?" Que seriam eles, e o que teriam a ver com a *Autobiografia de um iogue*, de Paramahansa Yogananda, que João e J. D. Salinger, outro ermitão, tanto admiravam?

Agora que moramos em Nova York, muitas coisas que ficaram para trás começam a aparecer, trazidas de volta nas torrentes — a bossa nova, as serras, as neblinas, os pássaros, os caminhos do meu bairro que davam no café que teve de mudar de nome porque já havia uma outra empresa no Rio que usava o mesmo belo nome de baleia, e também a sala de aula do meu amigo Rodrigo, onde conheci o pintor de carros e quadros que morreu inesperadamente, as caminhadas, meu escritório coletivo, dividido com pessoas muito mais jovens do que eu, os cães de lá e os cães daqui, onde há muito mais cachorros do que crianças, e os cachorros daqui parecendo pôneis às vezes, e não sei como cabem nos apartamentos apertados de Nova York.

Trouxemos na bagagem um retrato de Tom Jobim feito por Otto Stupakoff, que também fotografou Pelé em Santos com o peito aberto e um crucifixo no pescoço. Tom está na praia, de pulôver, com os coqueiros e uma certa névoa ao fundo. A foto deve ter sido feita nas primeiras horas da manhã. Desde que cheguei aqui, costumo dar uma espiada nela, para respirar um pouco do ar fresco dessa praia antiga.

Tsundoku é uma palavra japonesa muito apropriada para o que anda me acontecendo. Venho acumulando leituras numa pilha que aumenta a cada dia. Tenho o hábito de comprar livros baratos e fininhos. Minhas livrarias favoritas de Nova York são a Strand, de livros novos e usados, perto da Union Square, e a McNally, na rua Prince. Ambas podem ser alcançadas a pé. São meio bagunçadas, mais ou menos como as minhas leituras, ou aquilo que busco nos livros.

Um deles deveria estar no alto de uma prateleira na Strand. Era *A Invenção da Solidão*, de Paul Auster, que eu havia perdido em São

Paulo. É o melhor livro dele. Enquanto estava lá no alto, empoleirado numa escada, um homem de sotaque francês se aproximou e disse que eu iria fazer uma ótima compra. E me aconselhou sobre quais livros de Auster eu deveria levar. Não encontrei *A Invenção da Solidão*, mas levei aqueles que ele me recomendou, porque gostei do jeito apaixonado com que defendia o escritor, dizendo que ele havia feito livros muito ruins e repetitivos nos últimos anos, mas quem não?

Disse que Auster havia morado na França, que havia traduzido alguns franceses, e que ele, o francês, era professor de literatura e dava aulas sobre Auster. Achei simpático, ele parecia mesmo professoral, e não devia ser mais velho do que eu. Ficamos ali conversando entre as prateleiras empoeiradas da Strand.

O professor parisiense ainda falou de futebol, e eu lhe disse no meu pobre francês que estava escrevendo um livro sobre a passagem de Pelé pelo Cosmos. Ele entendeu perfeitamente. De Pelé todo mundo na nossa faixa de idade entende um pouco. Meu filho de 9 anos também entende.

Os livros de Auster foram alimentar meu *tsundoku*. Meu *tsundoku* nova-iorquino vai se transformar num monstro qualquer dia desses. Certo como as estações da cidade. Acabei comprando *A Invenção da Solidão* pela internet. E a pilha cresce.

Meu barbeiro de Nova York é budista, chama-se Mike e nasceu no Bronx, onde mora até hoje. Tem origem dominicana. Aos 13 anos, o pai, que também é barbeiro, botou ele pra trabalhar num pequeno salão da família. Desde então, Mike não teve mais parada. Disse que a sua vizinhança no Bronx é um perigo. A agência do correio onde David Berkowitz trabalhava, fica na sua rua. O Filho de Sam, o assassino que barbarizou Manhattan no ano da despedida de Pelé, circulava por ali.

Mike tem uma ex-mulher romena que deve ser um problema, pois ele gosta de contar que ela é uma vampira. E tem uma namorada italiana de sangue quente, que não aguenta a bagunça que ele, pintor de domingo, anda fazendo em casa. Ele pinta aquarelas. Ele admira Salvador Dalí, mas não usa figuras nos seus quadros, que às vezes são tão pequenos que cabem na palma da mão da sua namorada.

Os budistas, ele me conta, dizem que tudo passa, tudo morre.

Tudo passa, tudo morre.

No começo de agosto, David Berman se enforcou no Brooklyn. Ele era o líder dos Silver Jews, uma banda independente já morta. Berman foi segurança do antigo Whitney Museum (onde depois funcionou o Met Breuer, na Madison Avenue). Seu amigo Stephen Malkmus também foi, e os dois costumavam dar um perdido para fumar maconha no parque.

Os fãs de Berman se reuniram no Met Breuer para se despedir do seu antigo segurança. E desde então, o cheiro de maconha domina o ar da cidade, a cidade que mais fuma maconha no planeta.

Há muitos anos, no meu *tsundoku* de São Paulo, comprei o único livro de poemas de David Berman, *Actual Air*. Nunca o li, e ele ficou em algum lugar do qual não consigo mais me lembrar. Isso me entristece um pouco. Berman ficara dez anos sem gravar, e no mês em que se matou havia aparecido com um novo disco, *Purple Mountains* (também o nome da banda que o acompanhava). Eu o ouvi até furar (caso fosse em vinil).

É uma coisa direta e melancólica, meio maluca, um adeus dilacerante.

Há uma canção para a mãe ("Eu adorava ser o filho da minha mãe") e outra para o inverno de Nova York ("A neve está caindo em Manhattan"), que ainda estarei ouvindo na próxima estação, porque a música também me lembra, não sei por qual dobra da memória, alguma canção natalina de John Lennon e Yoko Ono. Tudo fica muito triste pelas consequências, por aquilo que aconteceu depois, o assassinato de Lennon e o suicídio de David Berman.

Vi Jimmy Page ao vivo na abertura de uma exposição do Met dedicada aos instrumentos do rock. Cabelos brancos e longos, ele ficou parecido com um druida. Dizem que foi um ladrão de músicas de velhos blueseiros desconhecidos, assim como Dylan. Hoje está no museu.

Também vi Tina Weymouth, a baixista dos Talking Heads, uma garota numa banda de rock que além de tudo cuidava dos garotos como se fosse a mãe deles, e que teve que provar a todo mundo que era capaz de tocar o instrumento. David Byrne — com quem ela brigou feio, revelando que ele tem Asperger, como Glenn Gould teve (e João Gilberto também, acredito, embora seja só um chute, e minha mulher às vezes afirma que eu também tenho quando repito coisas sem fim) — foi visto fotografando um balde vermelho aqui na vizinhança.

Esse é o meu grupo, um bando de artistas distraídos.

Depois de examinar aqueles instrumentos do museu sem os donos, compreendi que eram todos órfãos numa exposição-fantasma.

Um dia desses tive que alugar um smoking, um *tuxedo* como se diz por aqui, para um evento de gala cafona, no Plaza. Talvez tenha sido o meu verdadeiro batismo de Nova York. Me fez lembrar de uma banda esquisita dos anos 80, Tuxedomoon, um belo nome que evoca um monte de outras lembranças, que ficam para mais tarde, em uma outra dimensão, como a promessa de Pelé ao menino do aeroporto de Londres. Uma quinta dimensão, além da altura, da largura, da profundidade e do tempo.

Hoje acordei como ontem, atado ao dia corrente, prisioneiro de minha quinta dimensão. O sol vem e vai em suas proporções de quinta grandeza, às vezes exasperante e direto como um soco de luz. Foi assim hoje de manhã, será assim amanhã e depois, é a praga da primavera vinda do horizonte.

Pulamos da cama às 6h15, nem sequer penteamos o cabelo. Escola foi a primeira coisa que procuramos ao chegar à cidade.

Nosso caminho até o metrô segue pelas casas de tijolos marrons e por uma obra na rua em que o trator parece tão bem cuidado quanto um cachorro, com um macaquinho de sombreiro amarrado na frente do veículo. Homens trabalhando, buracos, a coisa nunca termina.

Quando for embora, vamos sentir falta do trator e do macaquinho de pelúcia.

Assim vamos chegando à estação do metrô, logo ali na esquina, para esperar o trem da linha C.

Um dia após o outro é como um aprisionamento. Nada disso quer dizer que a infelicidade esteja no ar, pois já atravessamos o inverno, a pior fase, dizem. Outras estações virão, todas mais ou menos iguais a suas irmãs. Mesmo o encanto tem sua rotina.

O resto do dia é a mesma coisa: limpar a casa, visitar o museu da esquina, a livraria da rua Prince (perto da Crosby, depois da Stills, da Nash e da Young, entende?), respirar um pouco. Em seguida, pegar as crianças na escola e esperar.

Já fui ao Queens (o lar do urso Dovlátov) e à rua Morton (onde morou um certo Nobel russo), irei ao Brooklyn, onde viveu Walt Whitman, numa casa que já foi marrom e em nosso tempo foi pintada de branco.

Whitman escreveu um poema do qual saiu o nome de uma sorveteria, Ample Hills, logo ali na esquina, onde sempre se pode parar para ler um trecho de *Folhas da Relva* pintado na parede.

Em *Crossing Brooklyn Ferry,* Whitman descreve a viagem de balsa pelo East River, de Manhattan ao Brooklyn, no ponto exato em que haveria depois uma ponte, a Ponte do Brooklyn, que visitamos hoje. É ali debaixo da ponte que a fábrica de sorvetes está instalada, na casinha da estação (o que temos na esquina é uma filial). Vi que Bob Dylan, pintor de domingo, retratou a cena.

Hoje de manhã bem cedo, no metrô, recebi uma mensagem do Brasil. Era meu filho, estudante de arte, interessado em Federico García Lorca e Philip K. Dick. Sobre Lorca, assisti justamente ontem ao documentário *Morrer em Madrid*, porque a Guerra Civil Espanhola é um assunto que nunca se esgota para mim e logo no começo Lorca foi fuzilado pelos fascistas da Falange, os que gritavam vivas à morte. É sempre assim com os poetas.

Sobre Philip K. Dick, meu filho estava impressionado com o livro *Flow My Tears, The Policeman Said,* que começou a assombrar o autor quatro anos depois de escrito. Foi quando ele percebeu que tinha tudo a ver com os Atos dos Apóstolos, o quinto livro do Novo Testamento. *Flow my tears* é sobre um astro pop geneticamente modificado que, em certa noite, perde a identidade. Vou pensar sobre isso.

Em Nova York, em certos dias e noites, me sinto como se estivesse preso a essa quinta dimensão, sem identidade, avistando dia a dia o mesmo crepúsculo à beira do rio Hudson, acordando de sonhos que ainda falam português, mas até quando? Amanhã talvez seja igual, mas um dia tudo será diferente.

É isso que nunca aprendemos na escola. Talvez seja a quinta dimensão que modifica os dias e também os torna iguais, que faz correr os rios e os confunde com o mar, que passa debaixo das pontes e pode seguir para cima, na direção do céu (vi cartazes no metrô em que os trens do futuro viajavam pelo céu).

É a vida. Ela é curta, e vai ficando cada vez mais próxima do coração, que é para onde as torrentes levam.

Passamos hoje diante do estúdio e morada de Robert Frank, o amigo de Jack Kerouac, o suíço que soube capturar em suas fotografias a alma escura dos americanos otimistas (com "a estranha discrição de uma sombra", segundo Kerouac). Fica no número 7 da rua Bleecker. A entrada estava coberta de flores. Havia uma foto dele, uma seta oca em que estava escrito "Adeus, chefe" e um bilhete do lado de um girassol já murcho que dizia "Obrigado por seu olho, um olho estrelado de fotógrafo". Ele morreu numa cidadezinha da Nova Escócia, no Canadá, onde passava a maior parte do tempo.

Muitos fãs espalharam imagens na internet em que ele aparece sentado ali mesmo, no número 7 da Bleecker, ao lado da mulher, sem camisa, só observando o movimento da rua com seu olho estrelado. Como se fosse um cidadão qualquer do interior do Brasil plantado numa cadeira na frente de casa, na sombra, apenas vendo a vida passar.

O que será de sua viúva agora? E o que terá acontecido com Mary, a primeira mulher, a mãe de seus dois filhos mortos há tanto tempo?

Tudo passa, tudo morre.

Na sexta-feira, 4 de janeiro, às vésperas da nossa partida de São Paulo, recebi um telefonema de Aníbal Massaini, o diretor do filme sobre Pelé que meu filho mais novo assistia uma vez por semana. Contei isso a ele. Disse que sim, iria escrever sobre a passagem de Pelé pelo New York Cosmos nos anos 70, e ele então me enviou por e-mail as reportagens da época. Mas aí o livro virou outra coisa, uma falha, vou ter que contar isso a ele.

Logo ao chegar, fomos ao Planetário do Museu de História Natural. A voz que narrava a viagem pelo cosmo era de Neil deGrasse Tyson, com esse tipo de tom aveludado e cheio de autoridade que costuma dublar Deus.

Então, não muito tempo depois, a voz de Deus e o dono da voz, que também apresentava a série *Cosmos*, entrou no vagão do metrô, onde eu estava com meus filhos a caminho da escola, e sentou-se ao meu lado. Assim mesmo. Usava um boné de beisebol e óculos escuros, exatamente como eu fazia quando apresentava o programa de TV e ia de metrô para a casa dos meus pais no Jabaquara e precisava me disfarçar de alguma forma, mesmo com o Ibope próximo do traço.

Tive certeza de que era a mesma estratégia, e por alguns instantes, a poucos centímetros dele, senti que algo nos aproximava em nossa estranha humanidade.

DeGrasse Tyson estava com a mulher, que lhe dava dicas sobre um iPhone novo em folha, e desceu na estação da rua 81, a do Museu de História Natural. Com meu telefone, fiz uma foto dele batendo em retirada.

It all started with:
Which led to
ZOLA
lean on door

44
KODAK TX 6043
45
46
KODAK TX 6043
47
KODAK TX 6043
KODAK TX 6043
49
KODAK TX 6043
50
KODAK TX 6043
51
KODAK TX 6043

Naquelas manhãs de domingo, no metrô de São Paulo, era eu que ia de boné de beisebol e óculos escuros para a casa dos meus pais no Jabaquara. Distraído, mas nunca dormindo.

Era um boné dos Angels de Los Angeles, azul, de aba vermelha, um *A* maiúsculo bordado com uma auréola amarela em cima. Foi comprado de um camelô nas ruas de Nova York. Isso e os óculos garantiam uma espécie de anonimato para quem aparecia toda noite na televisão, ao vivo.

A televisão ainda era o oráculo da aldeia nesse começo dos anos 90. Lá onde trabalhava, havia fantasmas. Eles apareciam nos corredores e nos estúdios assim como faziam no prédio da antiga TV Tupi, onde houve um incêndio no passado e onde depois funcionaria a MTV. A aldeia era assombrada.

A audiência do programa que eu apresentava era pífia, quase sempre um traço, mas as pessoas me reconheciam no metrô, onde quer que eu estivesse. Numa fila de cinema, por exemplo, uma fonoaudióloga veio criticar minha dicção. Numa farmácia, uma velhinha de cabelo azul veio dizer que me adorava, e me deu um beijo.

Sempre tinha alguém que vinha conversar comigo sobre o programa. Toda noite eu aparecia na sala de visitas das pessoas, tão familiar quanto um parente que se vê todo dia. Mesmo no traço, elas me reconheciam.

Então, tímido, metido em uma contradição involuntária (aparecer na TV e não gostar de ser visto), eu me disfarçava de vampiro, aquele que não podia ver a luz do sol e que por isso mesmo viajava apenas nos subterrâneos, nas manhãs de domingo, quando todo mundo deveria estar dormindo ou frequentando a missa.

E quando todo mundo se transformava em jiboia depois do almoço, pois assim é que costumava ser no domingo, era eu quem retornava para casa usando o mesmo disfarce. Morava numa travessa da rua Augusta.

Lembro que certa vez fui entrevistar Dalton Trevisan em Curitiba. Isso foi há vinte anos. Ninguém entrevistava Dalton em Curitiba ou em qualquer outro lugar, mas eu fui tentar mesmo assim, enviado pela revista *Época*. Sabia que era improvável, e isso até que dava um certo alívio.

Uma peça inspirada em *O Vampiro de Curitiba* estava em cartaz na cidade há muitos anos. Assisti na noite em que cheguei. Não me pareceu ruim: tinha um humor negro, como o livro.

Era um milagre que eu gostasse de alguma coisa em teatro, o lugar em que, para mim, se falava acima do tom o tempo todo e se cuspiam perdigotos, como vi Othon Bastos fazer na peça de Sartre *Entre Quatro Paredes*, bem na direção da primeira fila, onde eu me encontrava sem guarda-chuva, feito o poema de João Cabral de Melo Neto (*Não há guarda-chuva contra o amor/que mastiga e cospe como qualquer boca,/que tritura como um desastre* etc.).

O contrário de uma peça de Tchekhov, na qual eu tinha certeza de que ninguém deveria cuspir ou falar mais alto do que na vida real, e nada pareceria mecânico, nem mesmo as cerejeiras do cenário ou uma gaivota ou três irmãs ou um frasco de éter que estoura como um tiro, porque, afinal, Tchekhov era, além de arrimo de família, um médico das almas com os dois pés bem plantados no chão de Petersburgo.

Assim, fiquei cercando o vampiro nessa cidade estranha que é Curitiba. A casa em que Dalton morava parecia assombrada. Ficava numa esquina sombria, não tinha campainha, apenas um arame farpado sobre os muros. Era um pouco como a cidade secreta, recalcada e monstruosa que ele retratava minimamente em seus livros, sem perdão.

Eu o segui na rua. Ele usava um boné de beisebol para disfarçar suas andanças a pé, embora todo mundo soubesse de quem se tratava. Os óculos de míope tinham lentes esverdeadas, de fundo de garrafa.

"Ah, ele usa um boné de guri", me disse um escritor que eu entrevistei, ele também um forasteiro. "Uma vez pedi um autógrafo, ali na Boca Maldita. Ele me deu".

Entrei na livraria que Dalton frequentava, e o livreiro, Chaim, me chamou num canto entre as estantes para dizer que eu estava com uma Boca Maldita. "Seu hálito", ele disse, "está horrível; seu estômago deve ter um problema. Faça isso e aquilo". Foi como acordei naquela manhã em Curitiba, de mau hálito, sem entrevistar o vampiro, assombrado com aquela cidade trancafiada em si mesma, e claro que agradeci ao livreiro.

Fui embora com uma reportagem ao estilo do jornalismo literário, do tipo "Frank Sinatra está resfriado", ouvindo algumas pessoas do entorno, ciscando aqui e ali, sem, no entanto, chegar ao centro do carrossel, passando em vez disso pela Boca Maldita, de mau hálito, no clima que aquela cidade amanhecida oferecia. Estava na cara que não ia dar certo.

O fotógrafo que me acompanhara era um garoto deprimido pelo fim de um longo noivado. Só conseguia falar sobre a noiva, e sofria por isso. Quem ainda noivava neste mundo? Crianças noivavam.

Foi ele que capturou o escritor descendo a rua, rápido, com o boné enfiado na cabeça. Do alto dos seus quase 80 anos de incrível miopia.

Acho que o fotógrafo-garoto se chamava Edu. Nunca mais o vi. Quem sabe não terá se casado?

A editora me mandou todos os livros de Dalton. Iria me livrar, em breve, de todos eles, assim como já me livrara da televisão e de Curitiba, onde nunca mais colocaria os pés. Era um sentimento libertador.

Estava de mudança mais uma vez.

Tambores, surdos e caixas (e também alfaias): era o Olodum. Eu estava passando pelo corredor da TV em algum final de tarde modorrento, e os sons vinham de um outro estúdio. Era o Olodum, só podia ser, então fui dar uma espiada. Estava lá dentro, quase escondido num canto, e não era o Olodum.

Muitos chapéus de palha meio cômicos, alguns óculos escuros de inseto, quantos? Não me lembro. Uma guitarra pesada. Não era o Olodum, mas eu não sabia o que era. Então, no fim, saí de fininho, fui caminhando na direção da lanchonete, acho que eu entrava no ar logo depois, mas, no meio do caminho olhei e lá vinham eles atrás de mim, todos os chapéus de palha em procissão. Foi assim que conheci o pessoal do Manguebeat.

Chico Science vinha à frente. Na minha memória estavam todos lá, Fred 04, Otto, Pupillo, mas como saber? Eu me lembro do Chico. Ele veio me encontrar para dizer que admirava o Fellini, nossa banda que já não existia mais.

Ele disse que nos ouviam na praia, ele e seus amigos, e que tinham todos os discos (muito tempo depois eu o vi numa foto segurando o *Três Lugares Diferentes*, o nosso terceiro LP).

Eles vieram dizer o quanto gostavam daquilo tudo, todos aqueles chapéus de palha. Foi assim que conheci o pessoal do Manguebeat. Mas pode ser que as datas estejam todas erradas. Quantos anos? Quase 30 anos (embora esteja escrevendo na tarde radiante de um sábado de maio de 2018, às vésperas da Copa do Mundo, antes do almoço, enquanto uma greve de caminhoneiros e patrões paralisa o país como nunca se viu antes, para em breve ser esquecida).

A solidão dos estúdios de TV à noite, apenas os técnicos sonâmbulos, o olho frio da câmera, com o qual você deve conversar enquanto os focos de luz cegam o seu olho. Olho para ela e converso, é uma habilidade a ser adquirida. Aparentemente ninguém escuta. Ou alguém, no switcher, acompanha o que eu digo, pois está escrito no teleprompter — embora, no começo, não houvesse teleprompter para mim, pediam que improvisasse, daí a minha conversa com a câmera.

A solidão dos estúdios era crônica, inclusive nas horas vazias que precediam a minha entrada em cena, ao vivo. Não me lembro do cenário, sei que ficava sentado num banquinho. E havia muitas cortinas pesadas, que subiam até o teto, lá onde viviam os holofotes.

A maquiagem, noite após noite, como se fosse a entrada num sonho recorrente, dentro do espelho emoldurado por lâmpadas brancas. Uma rápida conversa com o entrevistado na sala vip, quanto mais rápida melhor. Depois ele reapareceria para continuar a conversa no ar, ao vivo, ou assim parecia.

Mais adiante o cenário mudaria um pouco, sentaríamos em cadeiras modernas, com uma pintura ou escultura ao fundo, algumas horrorosas. Mas agora é como se estivéssemos sozinhos, sentados em bancos altos. Mal se percebe o movimento das câmeras no escuro, apenas as luzes vermelhas que acendem em cima delas, e a voz que fala no ponto eletrônico não me lembra ninguém, está escondida dentro da minha cabeça, mecânica, um tipo de consciência sonolenta.

A primeira pessoa que entrevistei foi João Ubaldo Ribeiro, que aguentou firme as confusões de uma estreia. Na saída, o presidente da TV se aproximou e disse: "*Habemus* programa". Era uma bênção papal.

Quem me chamou para apresentá-lo havia me visto cantando numa das casas noturnas dos anos 80 e considerou que eu serviria para a televisão. O programa já existia antes de mim. A antiga apresentadora fora afastada, mas continuava na produção. Ela e suas amigas me receberam vestidas de preto. Eram as viúvas do programa antigo.

Foi assim que comecei na televisão.

Eu chegava à tarde, afundava em um dos sofás da redação e ficava lendo meus livros. Era um ambiente hostil, e depois tudo esvaziava e eu ficava sozinho no estúdio. Foi assim durante um bom tempo, e eu acabei permanecendo, virei parte da paisagem. Mas era sempre um solitário vagando entre os estúdios, pelos longos corredores cheios de botões coloridos e imagens desconexas.

O ponto central da TV, para onde tudo convergia, era uma grande árvore centenária. Nem sei quantas vezes passei por ela me sentindo longe de tudo. Não era ruim essa sensação. Sempre fui do tipo que se deve deixar quieto num canto, distraído com seus próprios negócios. Assim via o mundo e me alienava das viúvas e dos sobressaltos. Meu figurino era só uma gravata e uma camisa colorida, e eu usava minhas próprias calças e meus próprios sapatos.

Em casa, havia um buraco no meio do banheiro. Estava chegando no andar de baixo, um dia sairia na China.

Fazia pouco tempo que a gente tinha se mudado, mas os encanamentos já eram um problema. Estávamos na esquina da rua Augusta. Era um apartamento no sexto andar de um prédio de tijolinhos cuja entrada ficava num beco de paralelepípedos. No térreo, diante da rua, uma loja de ferragens.

Ficava tentando enxergar alguma beleza nele: os tijolos aparentes, o beco estreito. Mas a imagem se diluía toda vez que tentava ir fundo nela.

O apartamento tinha um quarto, uma sala e uma cozinha. Fora comprado com o dinheiro dos meus comerciais. Ainda era um garoto-propaganda. Minha última aventura acontecera no terraço de um edifício envidraçado na avenida Paulista, dançando com um copo de leite na mão, enquanto era filmado por um helicóptero. Eu não tomava leite. Então me prepararam uma beberagem ainda pior que leite. E assim fui melando minha roupa enquanto rodopiava contra o céu azul.

Eu era um animal estranho, domesticado, mas sujeito a algum tipo de febre de loucura. Tanto podia dançar no alto de um edifício com um copo de leite na mão quanto vestir um calção e luvas de boxe num comercial de analgésico. Esse animal estranho, vindo da universidade, proletário de origem, ex-trotskista e agora anarquista de coração, esse animal estranho também servia para a televisão. Dessa forma comprei aquele apartamento, de cuja janela observávamos o movimento da Augusta, a impetuosa azáfama de suas putas, que por sinal faziam ponto bem debaixo do nosso prédio, entupindo a rua de carros cheios de playboys vindos de toda parte.

As noites do fim de semana eram um inferno. Ela não ficava muito impressionada com isso. Tinha uma outra sintonia. Era o meu segundo casamento, e agora andávamos às voltas com o buraco abissal no banheiro.

Quem cuidava da obra era também o motorista de táxi que me levava para o trabalho na TV. Faz-tudo, tinha conversa e bigodinho de malandro, mas estava ganhando a vida do jeito que podia. Quando acabava o programa, ele já estava à minha espera, tarde da noite.

É isso, eu tinha um motorista particular.

Eu era um pedestre renitente. Não sabia dirigir, e quando compramos um carro e ela pegou no volante, eu vivia dizendo que lhe daria de presente um quepe e um par de luvas brancas. Eu repetia a piada para todo mundo. Era, ainda é, um comportamento compulsivo.

Eu era marxista, tendência Groucho (como no slogan de maio de 68). O mistério de Harpo, o Marx calado, ainda me espanta, bem como sua peruca vermelha e sua harpa de anjo do inferno (Os Anjos do Inferno sendo um conjunto vocal brasileiro de carnavais dos anos 30).

Buster Keaton e Jacques Tati também foram maiorais, assim como Charles Chaplin com suas maravilhosas pantomimas, aprisionado em milhares de camisetas dos anos 70 e 80. Todos praticamente mudos nos filmes, como Harpo, que, assim, levava vantagem sobre os outros irmãos Marx — Groucho, Chico, Gummo, Zeppo e Karl incluído. Porque, como dizem, o silêncio é de ouro.

Ela, que era carioca, com "muitos anos de praia", como gostava de dizer, voltava todo mês para o Rio. Pegávamos o Electra prateado e descíamos no Flamengo, onde sua mãe morava.

Ela apresentava o programa de cinema da MTV. Era boa nisso, tinha uma conversa natural com a câmera, de pessoa da televisão. E já pertencia naturalmente à São Paulo, não era do sol nem da praia. Gostava da noite da cidade. Gostava de cineclubes. Nós que éramos cineclubistas no estilo "jovens turcos" dos *Cahiers du Cinéma*. Nosso negócio era na base de Truffaut/Godard (sem tomar partido na briga dos dois), Jean Renoir, Jean Vigo, Jean Cocteau, Jean Marais, Jean Gabin, todos os Jeans do cinema francês. Era o nosso cinema, e por isso a gente procurava o mais novo cineclube da cidade.

Os dois na praia, no Posto 9, muito brancos. E os amigos dela também com essa cor de pele de quem nunca vê o sol, a não ser em raros encontros na praia, nas manhãs de domingo. Eram os frequentadores do Crepúsculo de Cubatão, do dr. Smith, expostos ao sol, quando na verdade gostavam mais de ser aves noturnas que dançavam o pogo dos punks.

Nunca vi o Alvim na praia. Era o melhor amigo dela, o compositor de "Não sei dançar" ("tão devagar", completava a letra). Sempre aparecia quando a gente estava lá, eram vizinhos. Ele era engraçado, tinha um vozeirão de ressaca, morava com a mãe e inventara uma banda chamada Sex Beatles, que nasceu, pelo que eu sei, sem um repertório, apenas com o nome brilhante e um release, enviado para a revista *Bizz*. Foi assim que ele emplacou no começo.

Ela também colaborava com a *Bizz*. Uma vez o Fellini tocou no Teatro Ipanema e foi ela quem escreveu sobre o show para a revista. Sempre que tocávamos no assunto da beleza dela, lembrávamos dessa matéria, cujo conteúdo se esvaneceu na memória.

Quando ela se mudou para São Paulo a fim de apresentar o programa da MTV, eu, que morava sozinho naquele tempo, convidei-a para morar comigo, cheio de segundas intenções. Havia um acordo tácito de não agressão, que já na primeira noite foi rompido, e, portanto, na manhã seguinte, já éramos um casal a dividir o mesmo teto.

Afundado no sofá, lendo, espero a hora de gravar as locuções, os *offs*. Foram muitos livros nesse primeiro ano de televisão.

Só havia um anjo por ali e ele se chamava Zen. Zen era o seu sobrenome verdadeiro, mas também dizia tudo sobre ele.

Heródoto, o apresentador barítono, era zen-budista. Também colecionava Kombis, ou simplesmente as adorava. Dividíamos o camarim. Estava sempre de saída, depois de apresentar o jornal. Eu entrava muito tarde.

Zen era da Zona Norte. Tivera uma banda anônima na Jovem Guarda. Falava daqueles tempos com afeto. Falava de tudo com afeto. Dos discos antigos que possuía. Do amor por Elvis, de sua canção favorita, "In the Ghetto". Não que a música fosse de Elvis — tratava-se de uma apropriação, pois Elvis nunca compôs uma nota sequer. Incrível que houvesse esses dois personagens, um Elvis da pré-história do rock, de sapatos furados na última apresentação em sua terra natal, Memphis, antes de embarcar para a fama; e o outro Elvis, o homem gordo de Las Vegas, movido a pasta de amendoim e picadas no calcanhar. O primeiro Elvis era a infância, o segundo, a velhice.

Zen tinha uma casinha na montanha, em Maria da Fé, Minas Gerais. Sempre falava nela, em como levava o velho pai palmeirense e o deixava na varanda, numa cadeira de balanço, respirando o ar puro e o perfume das oliveiras (eles produzem azeite por lá, e essa parte final eu é que imagino).

Zen e os óculos de aro vermelho que só ficavam bem nele. O carinho com a mulher, a criatura mais doce e indefesa deste mundo, que jamais conheci ao vivo, mas que me mandou uma mensagem depois da morte do marido dizendo que havia livros meus na estante deles, livros que eu havia emprestado ao Zen e que ficaram por lá.

Um sujeito divertido, um cavalheiro, um homem das mulheres, um tipo galante.

Naquela época ele trabalhava no melhor programa esportivo da casa, o "Vitória". Ficava inventando na edição. Ao se aproximar, eu o chamava pelo nome inteiro: Car-los-Ro-ber-to-Zen, com a inflexão de um mordomo que apresenta o visitante ou um locutor de alto-falante.

Um pouco mais adiante, ele veio dirigir o meu programa, e fazia a voz do anjo que falava no meu ponto. Jamais nos encontrávamos enquanto eu estava no ar, ele no switcher, eu no estúdio, não havia encontro possível. E mesmo assim lá estava ele, no interior da minha cabeça, dizendo coisas engraçadas com voz de veludo, macia, um veludo de desenho animado.

No seu altar, Elvis. Nos fins de semana, Maria da Fé. Na montanha, o pai, que dizia, na véspera dos jogos contra o Corinthians, desde os tempos de Oberdan Cattani, o goleiro de mãos monstruosas: "Não gosto de jogar com..." (e aí forçava um tom sinistro) "*eles*".

Muitas vezes tentei escrever um conto sobre Zen. Mas Zen morreria antes disso. Só saiu isso aqui:

“Meu amigo Zen morreu no domingo. Como outro amigo, que ele não conheceu, o Federico Mengozzi, Zen agora descansa no cemitério do Horto. Zen era um cara engraçado, um Casanova de coração, um diretor de TV gentil e bem-humorado (em geral, eles não são). Era um cavalheiro. Tinha uma casinha no alto da montanha, em Maria da Fé, Minas Gerais. Gostava de levar o pai para lá. O pai, palmeirense do tempo do Palestra Itália, não gostava de jogar contra “eles”. “Eles”, o Corinthians. A mulher de Zen se chama Luci. Tudo que ele me contou de Luci fez dela a mulher mais doce do mundo. Nunca a conheci em carne e osso. Escrevi um conto sobre o Elvis (Zen era um grande fã do Elvis). Aqui vai um trecho. Para o meu amigo Zen, cujo nome era muito adequado”:

O velho Elvis

Elvis envelheceu e mora numa grande cidade da América do Sul. Essa cidade não é Buenos Aires, como crê o senso comum. A nova capital de Elvis tem mil colinas.

Ele estudou Arquitetura, só não tem diploma. Dos Beatles, gosta apenas das baladas, todas com piano. Acredita que tem muito açúcar no sangue. Também ouve jazz, só aquele feito até 1969, ano em que, diz ele, Miles Davis passou a usar óculos de inseto e eletrificou-se.

Nada disso tem importância, porque, afinal, Elvis nasceu enrolado nas raízes do rock, em 1956, e aí permaneceu.

Eu e Thomas tínhamos tocado em Nova York em 1990, como parte do *New Music Seminar*, um evento de artistas independentes. Só nós dois embarcamos, o resto da banda não conseguiu visto. No meu passaporte estava escrito à mão, em inglês: “Apenas para assistir ao *New Music Seminar*, não para tocar”. Que beleza.

Perambulando pelo Village numa tarde de sol, entramos em uma lojinha de discos, de cujas prateleiras atulhadas, pesquisando como se fossem fichas de um arquivo, Thomas sacou uma cópia de *O Adeus de Fellini*, nosso primeiro disco, verde, intacto, perfeitamente fora da ordem alfabética, um desses sortilégios da vida que ninguém conseguiria explicar.

Foi ali, na rua Bleecker, número 157, que nós tocamos. O lugar, Kenny's Castaways, não existe mais. Por ali já haviam passado Jeff Buckley, Patti Smith, Blondie e New York Dolls. Que tal?

Trinta brasileiros saudosos estavam na plateia, mas um jornalista da *Rolling Stone*, fazendo um freelancer para a *Bizz*, escreveu uma crítica elogiosa. Éramos eu e o Thomas com uma guitarra, uma bateria eletrônica e uma gaita. Tínhamos zanzado pela cidade nos dias anteriores, comendo fatias de pizza à meia-noite, assistindo ao show de A Guy Called Gerald num clube distante (ou melhor, não vimos show algum, pois chegamos quando tudo já havia terminado — só o Gerald estava por ali). Vimos uma banda punk cujo vocalista usava um par de talheres de plástico na lapela do paletó. Vimos o pessoal do hip-pop por toda a cidade. O De La Soul no hotel. Andamos de carona numa limusine preta que refletia a noite sufocante do verão de Nova York.

Um ano antes eu estava vivendo uma outra história, e agora a mulher vivia em Milão e eu ligava para ela de cabines telefônicas. Lembro da primeira cerveja Sol, na penumbra de um bar ao meio-dia, uma rodela de limão siciliano enfiada na garrafa. Eu que não bebia.

O sol. A procura de uma jaqueta Perfecto, de couro preto. Um par de tênis de hip-hop. O trio de alemãs que conhecemos no Central Park e que foi assistir ao nosso show: só o Thomas falava com elas, em alemão.

Era um tipo de iniciação à Nova York.

Dormíamos num mesmo quarto da 72, um muquifo de um equatoriano muito próximo do edifício Dakota, na frente do qual John Lennon tinha sido assassinado dez anos antes. O pessoal dos patins no Central Park, a quantidade de feldspato no asfalto, que o fazia cintilar à noite (pelo menos é o que eu vivia contando), o calor, que atormentava até mesmo os ratos, em pé nos trilhos do metrô, os olhos acesos.

Curiosamente, os dois roqueiros usavam bermudas pretas e camisetas brancas idênticas, o que fez Lawrence, chefe do Thomas na gravadora Stiletto, perguntar se a gente era um casal. E ao conhecer alguns irlandeses malucos acabamos na porta de um bar do qual demos o fora antes de entrar, de tão exaustos que estávamos. E no dia seguinte veio a história de que, no meio da alegre cantoria que prosseguiu noite adentro, os irlandeses se deram conta de onde estavam, naquele sotaque característico:

— *"Djiiisãs, it's a guéi bar!"*. O que nos pareceu muito engraçado, porque, afinal, era 1990.

Eu vivia encontrando vestígios da banda em toda parte. Como era possível? Em uma noite no dr. Smith, por exemplo, quando achava que ninguém no Rio de Janeiro — tirando ela e o Alvim — me conhecia, um fã veio falar comigo na penumbra, segurando um de nossos discos.

Pois só havíamos tocado no Crepúsculo de Cubatão na terça-feira gorda do carnaval de 1987, para as trinta pessoas de sempre.

Isso continuou acontecendo ao longo do tempo, em lugares improváveis.

Naquele ano de 1991, contaminado talvez pela procissão dos caras do Manguebeat atrás de mim, e julgando que, afinal, não estava morto para a música, comecei a pensar em um novo grupo, alguma coisa que me pusesse de novo em movimento, uma espécie de reação pendular, introspectiva, ao fato de aparecer na televisão toda noite, de conversar com a câmera como se ela fosse o olho do impassível HAL de *2001*.

Fiquei pensando em como fazer. Com quem e o quê.

Quando editava uma revista de cinema, uma garota apareceu na redação e me deixou uma fita cassete. Disse que tinha morado em

Londres, que gostava do Fellini, e foi embora. Nas gravações, cantava standards de jazz à la Billie Holiday. Era Stela. Achei que ela podia estar dentro de um grupo.

Sobre os outros membros, nem pestanejei. Foi a coisa mais natural do mundo convidar os ex-companheiros do Fellini, com exceção do Thomas, que ainda lutava para permanecer na Europa, em Colônia, a terra dos seus pais.

Agora eu queria uma outra coisa, não sabia bem o quê. Uma coisa que não fosse o Fellini. Mas essa coisa acabou sendo batizada com o nome de uma música do Fellini — *Funziona Senza Vapore*. Era a inscrição na máquina italiana de café expresso que eu usara para falar que queria ter sido perfeito, socialista, mas que, no final das contas, funcionava sem vapor, ou sem barulho, ou sei lá o quê (no disco, a música era precedida pelo som de uma locomotiva).

Jair na guitarra. Ricardo no baixo. Eu no violão elétrico e no vocal. Stela nos teclados. A velha Drumatix, ou alguma outra parecida, como bateria eletrônica. Pensando bem, acho que emulava o som do Electronic, o duo que reuniu Johnny Marr, dos Smiths, e Bernard Sumner, do New Order. Lembro que eu gostava muito de uma música, "*Get the Message*". A forma como o violão entrava (ou seria uma guitarra?). A forma como os ritmos eletrônicos entravam. E como repicavam. E havia um coro feminino, uma voz de mulher que solava algo próximo de um soul. Acho que era por aí, mas virou outra coisa.

Então comecei a compor no violão elétrico meio folk que eu havia comprado numa loja de instrumentos da Santa Ifigênia. Não sei o que foi feito dele.

Sei que Stela foi um achado. Agora tínhamos uma voz feminina, ainda que ela tenha cantado bem pouco no final. Mas a sua presença suavizava a efemeridade daquilo tudo que, afinal, não durou mais do que um ano. Com a mesma alegria que só um sábado cheio de sol e som era capaz de dar, aquele sentimento que a gente conhecia muito bem.

Ensaiávamos no estúdio do Tancred, irmão do Thomas. Ficava no alto de um daqueles despenhadeiros do Sumaré. Acho que ainda fica.

O Funziona Senza Vapore, que abreviarei para FSV, de vida tão curta quanto a de um inseto, nasceu, enfim, da música homônima.

Eu estava no meu segundo casamento.

A mãe dela morava num apartamento no Flamengo.

A gente ia para a praia, mas ela não era a criatura praiana que apregoava. Era tão branca quanto eu. E ainda assim ficava muito bem na areia, ao sol de domingo, no posto 9. Era desses cariocas que preferem a luz da lua. Eles existem. Em geral eles se mudam para São Paulo, e se transformam em paulistas mais bravos do que costumamos ser, nós que somos todos imigrantes. Sua São Paulo era a cidade noturna, a cidade do cinema, o cinema que nós amávamos tanto.

Jean Vigo, Jean Marais, Jean Cocteau, todos os Jeans. Então, no Rio, íamos atrás do cinema. Quase sempre passávamos no Estação Botafogo.

Também íamos jantar no Lamas. Acho que havia ali um filé à cubana que era um dos nossos pratos favoritos. Nem sei se existem mais os filés à cubana neste mundo. E não sei mais nada sobre o Lamas.

Seus parentes italianos moravam na Tijuca. O pai era dono de uma academia de ginástica, tinha os músculos de um ginasta. Sua irmã era um tipo de alma gêmea com a qual ela se dava muito bem. Ela moraria conosco um tempo.

Curioso sermos duas criaturas da televisão vivendo sob o mesmo teto.

Um pouco mais adiante, fomos à Ilha de Caras, em Angra, onde passamos um fim de semana com Chiquinho Scarpa, Luiza Brunet e família, e uma mulher da sociedade que não tinha a menor ideia de quem a gente era. A gente também não sabia quem era ela. Chiquinho apareceu no café da manhã usando robe de chambre branco, meias e chinelos filigranados com as iniciais do seu nome. Dividia o cabelo ao meio, como o Riquinho. O chef do pedaço, francês, começava o dia nadando ao redor da ilha da fantasia.

Mesmo assim a gente se sentia ridículo. Eu e ela fomos fotografados sentados numa pedra, meio de costas, como num flagrante delito, não mais do que isso, de tanto que nos esquivamos.

No Rio dos cinéfilos, a felicidade discreta ficava apertada uma vez por mês num fim de semana. Às vezes andávamos no bondinho do Pão de Açúcar. Nas nuvens. Nunca fomos ao Noites Cariocas, que ficava lá em cima. Mas tudo bem, era como se tivéssemos ido.

A noite no dr. Smith, a ocasião em que fomos para a Barra e ficamos sozinhos no apartamento de uma tia, perfeitamente distantes do mundo, quando ela mostrou que sabia dirigir, pilotando um Fiat 147 que fazia parte da paisagem.

A volta no Electra prateado em que, ainda naquela época, havia uma sala de estar no fundo, onde as pessoas podiam fumar e papear como se estivessem em casa.

Zen e o pessoal do programa "Vitória" foram entrevistar Pelé. Como todo jornalista que conheci e o fez, eles voltaram iluminados.

Minha primeira palavra. Acabo de ver uma foto colorida em que Pelé e Zito passeiam despreocupados por uma rua de Estocolmo. Eu era um bebê quando eles ganharam a Copa do Mundo. Pelé tinha 17 anos. Ingmar Bergman, sueco, deve ter visto a final, nem que tenha sido pela televisão, e isso sempre me pareceu uma pergunta a ser feita a ele quando o entrevistasse em sua ilha de Faro.

O Brasil precisou improvisar as camisas azuis, pois não tinha um uniforme B. Foram compradas numa loja local, e nelas o massagista e outros costuraram os escudos da CBD. Tenho uma réplica dessa camisa de algodão: ela e a camisa da Copa de 70 são as únicas que me interessam. Porque o time de 70 eu vi ao vivo pela TV, e uma coisa dessas a gente não esquece nunca. Só esqueci o garoto patriota que vivia dentro de mim naquela época.

Pois Zen voltou do encontro com Pelé trazendo uma camiseta do Santos autografada. "Para o amigo, de Pelé". Foi um presente e tanto.

Muito tempo depois, viajando para Paris, onde sempre me hospedava na casa de minha amiga Maria, levei a camiseta autografada de presente para o marido dela. Ele era francês, e havia descido pela primeira vez ao metrô só para me receber. Ele nunca tinha descido ao buraco do metrô.

Ao ver a camisa assinada por Pelé, ele se ajoelhou e beijou os meus pés. Foi o maior presente que já dei na vida, e sempre que penso em Pelé eu penso nesse presente, e no que terá acontecido com ele. Seus gêmeos nasceram no mesmo dia e no mesmo hospital da minha filha, com uma diferença de quatro horas entre eles. Somos praticamente da mesma família.

As primeiras fotos do FSV foram tiradas no terraço do apartamento de Ricardo, na esquina da avenida Paulista com a Bela Cintra. Era tão grande que brincávamos de imaginar quantas famílias russas caberiam dentro dele no caso de uma expropriação. Muitas, era a conclusão inevitável.

No terraço, posamos eu, ele, Jair e Stela. Estou de olhos fechados em algumas das imagens, à velha maneira dos surrealistas. E apoio um pequeno cacto em cima do ombro direito. Não sei qual é a do cacto. A foto é em preto e branco. Talvez tenha sido feita antes das músicas. É possível, assim é que costumava ser no tempo do Fellini.

Agora já estávamos na década de 1990, onde tudo era diferente, não havia mais o frenesi das noites antigas. Frenesi é um pouco forte. Mas ainda parecemos jovens na fotografia.

Apesar da falta que o Thomas fazia, era muito bom ensaiar com os três. Stela não era a substituta dele. Era uma pessoa tranquila que equilibrava as coisas. Como o Ricardo, que esteve sempre por ali.

Não lembro quais foram as primeiras músicas que tocamos no

primeiro ensaio. Deve ter sido mágico, sempre era. Deve ter sido num sábado, sempre era, mas é possível que a gente tocasse também em alguma noite da semana, vez por outra. Algumas noites me vêm à cabeça quando penso no FSV.

Talvez tenhamos feito alguns ensaios a sós, eu e o Ricardo, antes de juntar todo mundo. Pois ele preparava os ritmos eletrônicos na Drumatix. Deve ter sido isso que aconteceu em certas noites na vasta sala de visitas do seu apartamento.

O fato é que naqueles primeiros tempos de televisão eu tinha a sorte de poder estar longe, trancado num estúdio de música nas manhãs de sábado. Eu estava na televisão, mas não queria estar. Estive na Ilha de Caras, mas não queria ter estado. Usava um disfarce no metrô para não ser reconhecido etc.

Paulo Francis me parecia admirável com suas feições mongoloides e olhos de um azul-bebê ampliados pelos óculos de míope. Eu lia tudo o que ele escrevia, e me disseram que, por acaso, eu iria entrevistá-lo.

Então o estúdio foi preparado para a gravação. As luzes foram acesas, os câmeras estavam a postos. Eu fiquei parado na porta, à espera dele, e finalmente Francis surgiu pontificando pelo corredor entre os estúdios, vestindo um terno azul-claro e gravata de listras vermelhas e pretas.

Ele me lembrava Elio Gaspari, o diretor da *Veja*, que fazia o mesmo pelos corredores acarpetados da revista, com seu jeito imperial debochado. Achava que eles eram parecidos, mas talvez não fossem, talvez fosse coisa da minha cabeça, porque ninguém achava isso.

Quando lançamos *O Adeus de Fellini*, Gaspari me surpreendeu no banheiro, dizendo que ficara muito bravo por eu não ter enviado o primeiro disco do Fellini ao pessoal da editoria de Artes e Espetáculos. Eu era um mero revisor, assim como uma certa figura da MPB que trabalhava em outra revista da editora na ocasião e também estava lançando um disco, que Elio fez questão de mandar comentar.

Dito e feito. Quando saiu *Fellini só vive duas vezes*, em 1986, eu o levei para a *Artes e Espetáculos*, e eles publicaram uma pequena crítica muito boa sobre o disco. Fiquei orgulhoso de ver a capa azul com o gatinho preto cintilando na página da revista. Não lembro o que estava escrito, mas me parecia um feito e tanto. Graças ao Gaspari, que não era o Paulo Francis, cuja entrevista comigo, aliás, jamais aconteceu.

Por aqueles corredores solitários passaram muitos artistas. E sob os holofotes do programa, em que ficávamos sentados um de frente para o outro, mas à maneira da Santa Ceia, vi, por exemplo, gotículas de suor brotando na careca de Raul Cortez, o grande ator, que para minha surpresa estava muito nervoso. Gostei muito desse toque de humanidade, ele foi muito gentil. E afinal estávamos sozinhos e abandonados diante do olho frio que tudo via.

Outros, como Zé Celso, *lamberam* o olho frio (ele se levantou e passou a língua na lente da câmera).

Quando outro Paulo, o Coelho, atravessou os corredores ao lado da mulher, um ônibus com estudantes convidados de outro programa estava de partida. Os estudantes entoavam um hino religioso. Ele parou só para ouvi-los. Vi aquele rabicho estranho que ele usava na nuca estacionado no meio do caminho para o estúdio. Ele e a mulher, entretidos.

Depois, enquanto conversávamos no ar, notei que ele desviou os olhos para um canto escuro atrás das câmeras. Ficou parado ali por não mais que alguns segundos. Quase não deu para notar, mas ele abriu um sorriso e continuou a falar como se nada tivesse acontecido.

Depois, quando tudo havia acabado, ele me contou já de partida que havia avistado um velho amigo naquele canto. E se despediu e foi embora de mãos dadas com a mulher.

Ainda acho que Paulo Coelho viu um fantasma. Eu não acredito em fantasmas, a não ser aqueles dos meus livros, que de fato existem.

O domingo de Max Ernst não era o dia do descanso divino, mas uma estação de violência, orgias, blasfêmia e morte. A exposição de suas colagens se chamava *Uma Semana de Bondade*, e cada dia dessa semana era representado com toques sombrios de tragédia e confusão mental. Nós a vimos no MASP nos anos 90.

Era um romance-colagem sem pé nem cabeça, e era disso que eu gostava. Havia, por exemplo, uma cabeça de beija-flor no corpo de um homem de paletó parado diante de um portão em que parece haver um olho-que-tudo-vê. O que está para acontecer? Que importância tem? O desenho da colagem é misterioso, o homem-pássaro tem as mãos nos bolsos.

Que título era esse? Houve de fato uma Semana de Bondade em Paris, uma semana filantrópica da qual, como contraponto, Max extraiu o título. Eis aí um procedimento que admiro. Eu me liguei nesse título, e percorri a exposição como se estivesse em outro país, um lugar estranho em que homens com cabeça-de-leão são assassinos de domingo, e na segunda-feira as águas inundam Paris e afogam um monte de gente, e na terça os homens têm asas de morcego, enquanto na quarta acontecem incestos, e na quinta, corpos humanos surgem com cabeças de galo, culminando num sábado em que as mulheres flutuam, e há uma concha no lugar do rosto de uma delas.

No fundo, no fundo, eu precisava de uma semana de bondade, de sossego, uma semana de silêncio, como João Gilberto antes de se apresentar no Japão, também naquela década. Eu gostaria de ter um par de japoneses comigo também, o engenheiro de som Ken Kondo e o diretor de palco Toshihiko Usami, as duas pessoas que cuidavam do silêncio de João Gilberto no palco, captando a sua respiração, a sua voz sussurrada e o som íntimo do seu violão.

Era para ele se sentir em casa, com um tapetinho persa debaixo dos pés e tudo mais. Eu queria esta semana de silêncio e bondade. No caso da bondade, queria bondade mesmo, a velha bondade humana, tão simplória e cristã, sem os monstros que o sono da razão produzia. Acho que tinha a ver com a contradição primordial enfrentada pelo homem da TV e dos comerciais, aquele que dançava com o copo de leite no alto do edifício envidraçado e também conversava toda noite com o olho frio de uma câmera, mas preferia viver alheio a tudo isso, escondido num cantinho com um violão.

Nas manhãs que eram minhas nesse tempo, eu tocava o violão e compunha. Tranquilo, o beco do barulho onde a gente morava não funcionava durante o dia. Curioso como sempre parecia fácil. Como eu não sabia tocar músicas dos outros, eu compunha, e assim tocava apenas minhas próprias músicas. Era uma válvula de escape infalível. Assim eu me apartava do mundo.

Dia a dia eu fazia canções novas e muitas vezes as perdia, porque não passo de um analfabeto musical. Uma partitura escrita em sânscrito para mim seria o mesmo. Nem as letras que davam nomes às cifras eu sabia. Claro que isso me dava uma liberdade extraordinária, de compor o que eu bem entendesse sem dar satisfação a ninguém. Meus amigos olhavam para aqueles acordes estranhos e perguntavam: "De onde você tirou isso?". Acho que era a força da observação. Pois alguns acordes eram como bossa nova para os meus ouvidos. E por isso eu os utilizava randomicamente, de uma música para outra.

Sempre gostei de melodias, era difícil gostar dos punks. O que eu gostava neles era a atitude. De fato, sou anarquista de coração. Mas aquele monte de garotos dançando o pogo às cotoveladas e patadas era uma coisa para se assistir, não para chutar junto. Eles mandavam três ou quatro acordes e tudo bem, virava uma energia violenta, de tirar o chão. Então a gente ficava com essa energia, mas queria um pouco mais. Eu queria músicas que tivessem um twist, que fossem bonitas. Do ponto de vista de um Sex Pistol, talvez seja uma maldição. Mas a vida já é bem feiosa para quem a encara de frente todo dia.

Minhas manhãs eram alegres. Os músicos, em geral, são puro desligamento. Eu desligava de manhã, e às vezes saía para dar uma volta. Tinha a sorte de pegar no batente mais à tarde.

Numa dessas saídas, fui até a Paulista e vi passar uma das passeatas gigantes dos caras-pintadas. Aquele presidente deprimente estava por um fio. Ainda era um período de grande baixo astral, mas parecia que o sujeito ia cair. Ele era uma besta truculenta com penteado de playboy: tudo que você poderia detestar com sua alma punk.

Os caras-pintadas não eram punks. As caras pintadas de preto. Melhor assim. O verde-amarelo, para ex-garotos patriotas como eu fui, era refúgio de canalhas, e foi ficando cada vez pior. O coração anarquista diz: Nem pátria nem patrão.

Aquela grande correnteza de garotos me fez lembrar das aventuras na USP, do tempo em que a gente saía do campus em passeata e desfilava na frente do secretário de Segurança, um coronel em cuja cara faltava apenas o bigodinho para encarnar um Hitler. Ele batia um chicotinho na coxa. Estava enraivecido. E me lembro de que a afronta era tão grande que a passeata desviava ligeiramente o ângulo ao passar na frente dele. Hitler tinha vontade de soltar os cachorros nos garotos. Não sei por que não soltou. Dizem que começava uma abertura lenta e gradual do regime. Sei, a gente sabia: ditadura é ditadura, "ditabranda" não existe.

De alguma forma, porém, lá estava eu na passeata dos caras-pintadas me sentindo à margem de tudo. Vê-la de fora trazia sentimentos estranhos. Meu velho alheamento estava com tudo naquele tempo. Era um sentimento confortável.

Nos fins de semana, havia os ensaios do FSV. Ricardo passava em casa com seu carro preto macio e me pegava. Ele sempre foi um sujeito introspectivo, de poucas palavras, do tipo em que você confia à primeira vista. Ele acabava equilibrando as coisas, onde quer que estivesse. E tocava baixo do mesmo jeito.

Eu gostava muito de mostrar as músicas novas a ele e ao grupo. Elas ganhavam um corpo maior quando executadas pelos outros. O teclado de Stela era bem simples, tinha uma espécie de candura. Eu cantava, mas queria que ela cantasse também. E também queria que sua voz entrasse apenas de vez em quando, para dar um efeito de balanço (uma voz feminina em contraponto à masculina). Quando havia coros, Stela entrava com o tom feminino.

A guitarra do Jair, a mesma dos tempos do Fellini, fazia sempre um comentário delicado sobre o que estava acontecendo na música. Não adiantava bater nas cordas, elas sempre soavam límpidas. E ele cantava no coro, com a Stela. Isso tudo num ambiente movido pela bateria eletrônica que às vezes parecia o tambor de um soldadinho de brinquedo, não mais do que isso. Aí é que morava a graça.

E essa é a história de cada canção daquele que seria o disco perdido do FSV, o único, primeiro e último. Elas foram ensaiadas durante um ano. Pela ordem de entrada, a quem interessar possa:

Shakespeare

Dá-me uma semana
De bondade
Uma semana,
Uma semana
sem vaidade
Sem som,
Uma semana
De verdade
Uma semana
Uma semana
De bondade

Shakespeare:
"Dormir, morrer, sonhar
talvez"

Dá-me uma semana
De bondade
Uma semana,
Uma semana
De verdade
De limbo,
Uma semana
Sem vaidade
Uma semana,
Uma semana
De bondade

Shakespeare:
"Dormir, morrer, sonhar
talvez"

A *Semana de Bondade*, de Max Ernst, terminou numa canção do FSV composta em uma daquelas manhãs livres. Ela não contém a violência e a perversão das colagens. Não se trata de uma semana de desastres.

A música pede uma trégua: "Dá-me uma semana de bondade, uma semana sem vaidade, uma semana de limbo". "Dá-me" é uma forma estranha para começar uma música, um imperativo oitocentista. Mas o que vem a seguir é o pedido de trégua atemporal, que deságua num refrão roubado de *Hamlet*, citando a fonte: "Shakespeare: dormir, morrer, sonhar talvez". Vem do famoso "Ser ou não ser", embora não sendo exatamente assim. O coro diz: "Shakespeare". Max Ernst, Shakespeare e uma trégua. Acho que a pequena fama adquirida na TV andava pesando. Os compromissos todos, o casamento, talvez. Que tal uma semana de bondade, você me dá? E uma semana de silêncio, como João Gilberto. Acontece que eu passei o segundo terço da minha vida inteira em casamentos. Eu me lembro de uma frase escrita pela mulher de T. S. Eliot à margem de *Terra Devastada*: "Se não queria filhos, por que se casou?". Eu me casei e tive um monte de filhos.

Talvez fosse essa a trégua pedida. O mito do ermitão reaparece de tempos em tempos para me colocar numa caverna como a que Leonardo da Vinci encontrou na Toscana, na qual havia vestígios de antigas baleias. Essa, a paisagem. Não deve ser fácil viver ao lado de uma pessoa assim.

Anos depois, o DJ Dolores gravou a música com a bela voz de uma francesa que vivia no Rio de Janeiro. Gravou em francês, na única ocasião em que devo ter sido traduzido. Ele mesmo disse na época que também queria uma semana de limbo. Desaparecer é bom, de vez em quando. São muitos os desaparecidos neste mundo. Existe aquela passagem do *Falcão Maltês* em que um homem, quase atingido na calçada por um tijolo caído de um edifício em construção, decide viver outra vida, mudando de cidade, deixando a família para trás e construindo outra existência. Acontece que essa outra vida viria a ser uma cópia exata daquela que ele deixara para trás.

É mais ou menos assim que vejo a situação: sou um homem apegado à rotina e aos pequenos rituais. Até os encantos têm sua rotina. Então, se fizesse outra coisa, fugindo da morte anunciada num objeto assassino que tivesse caído do céu, talvez fosse igual ao que era antes. Por uma questão de segurança.

Camaradas

Lênin tinha olhos de aço
Que a gente via por todo lado
Você com sua fé inabalável
Você com seu fígado
Em ruínas

Camaradas
A vida
É bela

Você com sua cara
De encouraçado
Você com sua infância
Comunista
Com gastrite onde é o túmulo
Dos reis magos
Ou vendendo discos
Aos neonazistas

Camaradas
A vida
É bela

"Lênin, levanta
do teu túmulo,
pois eles estão
ficando malucos"
Nós e os proletários
Do mundo
Vocês já têm
O seu pedacinho do muro?

Camaradas
A vida
É bela

Não sei onde li isso, mas entrou na letra de "Camaradas". Era sobre o olhar de Lênin: "Lênin tinha olhos de aço. Que a gente via por todo lado", escrevi no segundo verso. Era sobre um Grande Irmão. Daquilo que li sobre Lênin, resta uma impressão ruim, a do líder implacável. Quanto mais você vive, mais percebe que o poder absoluto significa destruição em larga escala. Não que Lênin tenha tido tempo de fazer muita coisa. Doente, morreu em 1924. Há uma foto de Stalin ao lado dele. Lênin na cadeira de rodas onde iria morrer. Li que era grosso. E certamente não perdoava, porque o irmão havia sido executado pelo tzar. Até aí, tudo bem. A Rússia vivia um terror atrás do outro. Não há uma alma bondosa neste mundo que tome o poder e nele permaneça sentada no colo da justiça. O poder absoluto é isso aí, na maioria das vezes um banho de sangue, quanto mais na Rússia, acostumada a chibatadas e escárnio dos poderosos. Lênin foi lá e fez, chegou à estação e foi tomar o poder. Lênin tinha olhos de aço. E depois: "Lênin, levanta do teu túmulo, pois eles estão ficando malucos", uma inscrição dos muros de 1968 em Paris. Ao que eu acrescentei: "Nós e os proletários do mundo" (supondo que eu não fosse um deles). "Vocês já têm um pedacinho do muro?" (o muro de Berlim havia caído três anos antes, ainda estava fresco na memória, e lembro que algum publicitário maluco andara distribuindo pedacinhos do muro para alguns formadores de opinião. Eu mesmo tinha recebido o meu, que foi parar não sei onde, já que evidentemente era parte de qualquer outra demolição logo ali perto de casa).

Eles estavam ficando malucos na Primavera de Praga, quando os tanques soviéticos invadiram a Tchecoslováquia naquelas sublimes fotos históricas de Josef Koudelka, que estava de bobeira depois de uma viagem em que fotografara ciganos e resolveu sair de manhã bem cedo, armado com duas máquinas, para fotografar a chegada dos invasores.

"Camaradas, a vida é bela". É uma frase do testamento de Trótski. "Que as gerações futuras a limpem de todo mal", ele escreveu também, mas isso eu não usei. E as gerações futuras não fariam o serviço, infelizmente, e ele morreria assassinado por um agente de Stalin.

Os camaradas eram Thomas e minha primeira mulher. Os dois viviam em Colônia, lá onde estariam enterrados os Reis Magos, cada um com sua família.

Então os versos eram direcionados alternadamente a ele e a ela: "Você com sua fé inabalável" (Thomas, o motor de nossa banda antiga); "Você com sua infância comunista" (ela, que havia morado seis anos em Cuba antes de voltar para o Brasil).

Era uma carta sombria ("Você com seu fígado em ruínas; Com gastrite onde é o túmulo dos Reis Magos"), mas afetuosa ("Camaradas, a vida é bela"). Pensando bem, eu sempre trabalhava com recortes montados pela intuição. E um pouco de ironia. Dois anos depois, nas minhas primeiras férias da TV, eu estava em Colônia, sem saber a língua, mas conduzido pelo Virgílio, alemão chamado Thomas, num efeito final feliz e confortável. Aí, a banda que tive e a banda que tivemos já eram lembranças distantes.

Se V. for onde V. for

Todo dia é do trabalho
Minha vontade
É largar tudo
A rua abre
Sua bocarra
Eu sonho alto
Eu sonho alto

Meu amor é uma navalha
Cortando a sua
Face formosa
Seus olhos tristes
Me falam baixo
Eu sonho alto
Eu sonho alto

Se V. for eu vou também
Onde V. for, enfim,
Eu vou com V.

Nasce a primeira
Estrela pálida

Faz um chapéu
Na sua cabeça
Um abismo de rosas
Na alma
Eu sonho alto
Eu sonho alto

Se V. for eu vou também
Onde V. for, enfim,
Eu vou com V.

Imagine um mundo em que todo dia é do trabalho. Eu imaginava naquele tempo, no qual havia uma grande angústia embutida. Os encantos têm sua rotina, e tudo que fora encanto estava contaminado pela real exposição, pela história de amor que também continha um pouco de frieza abaixo da superfície. Difícil explicar.

Minha vontade, conforme eu dizia, era largar tudo. Tal vontade seria recorrente, mas me pergunto se não é assim na vida de qualquer pessoa. "Eu sonho alto", está escrito na letra. Então são dois mundos opostos espelhados, o real e o imaginário. Meu motor sempre esteve na imaginação. Quando convocado para a realidade, às vezes patino, mas vou em frente. Naquele tempo eu sonhava alto.

"Meu amor é uma navalha", eu digo, "cortando a sua face formosa". Isso tinha a ver com a famosa imagem de *Um Cão Andaluz*, de Luis Buñuel e Salvador Dalí, a do olho sendo rasgado por uma lâmina, uma das mais chocantes do cinema.

Na minha viagem à Colônia demos uma esticada até Bohn, onde havia uma exposição sobre Buñuel e Dalí, com burros mortos amarrados ao piano de cauda logo na entrada, e as formigas clássicas de Dalí, por quem nunca me interessei muito. Buñuel, no entanto, sempre foi um dos meus favoritos, incluindo aí as suas memórias, escritas a quatro mãos com Jean-Claude Carrière, e na qual leio uma piada anarquista que sempre repito (pela absoluta falta de jeito para contar piadas): "Dois padres vinham pela rua. Diante de tal provocação...". Ninguém entende, só os anarquistas. É parte do comportamento compulsivo.

"Se você for eu vou também" (ou seja, vamos fugir juntos); "Onde você for, enfim, eu vou com você" (gosto muito desse *enfim*, não sei por quê).

Eis aí uma canção de amor e angústia, querendo virar a chave e mudar a paisagem. Acho que era assim que eu me sentia naquela época. Era um poema: *Nasce a primeira estrela pálida/ faz um chapéu na sua cabeça/ um abismo de rosas na alma/ eu sonho alto*. Pode não ser dos melhores, mas era meu, e bastante verdadeiro (baseado em meus fatos reais).

No futuro, Stela gravaria essa música em um de seus discos. Quando ela o fez, os despojos do FSV continuavam à deriva por aí.

Veneza

Não sou mais eu
Eu sou você
Sou a lacuna,
O vaporetto
Eu vou, Veneza
À noite, chegando em Veneza,
A lua rindo
Embaixo d'água

Ah, sereníssima república

A luz te ronda,
O mundo roda
O céu escuro
Segue a rota
De Veneza

À noite, chegando
Em Veneza,
Inteira nua
Embaixo d'água

Ah, sereníssima república
Veneza

E então fiz uma ode à Veneza. Uma ode, aliás, à chegada noturna a Veneza, como acontecera em 1990, na minha primeira viagem à Europa. Duas cidades apareceram de repente, logo à saída da Estação Central: a que estava na superfície e a que estava embaixo dela, refletida no espelho d'água.

Eu estava acompanhado pela mulher que fora encontrar em Milão. Parecia uma viagem feliz, mas não deu muito certo em Veneza. A visão da cidade à noite, no entanto, foi o que ficou. Estava frio, não era inverno, não o *Inverno de Sangue em Veneza*, cuja personagem de capuz vermelho passeando pelas pontes era mesmo assustadora.

Comemos um espaguete, fomos para a cama, e ao acordar de manhã não aconteceu nada, não fazia diferença estar em Veneza. Esteve mais para uma lua-de-fel. Mas a cidade embaixo d'água não morreu.

Tudo ainda estava muito fresco na memória, menos o amor.

O poeta Josef Brodsky passou anos visitando a cidade no inverno. O livro *Marca d'Água* é uma bela prova de que se pode ser feliz mesmo em estações hostis. Não que ele fosse completamente feliz em alguma situação. Quem é?

Brodsky compara as ruelas estreitas de Veneza com enguias. A cidade lhe traz recordações de Leningrado, para onde nunca mais voltaria.

Leningrado já não existe mais. Agora é São Petersburgo, *Peter* para os íntimos, para a qual ainda irei um dia. A cidade de Dostoiévski e Brodsky. E de seu amigo Dovlátov, que nunca conseguiu publicar nem sequer um livro nela.

Veneza, "a lua rindo embaixo d'água". Tudo em dueto com a Stela.

Passagem meteórica

Pressinto
A sua passagem
Meteórica
Oi, tudo bem
Como está
Vamos indo
E pronto!
Sumiu na neblina
Embora um céu
de brigadeiro
pairasse bem acima
de você

Eu vi
Seu andar movendo
A paisagem
Você continua
Pintando os olhos
Como aquelas
Tias antigas
E eu alimentando
Cães, gatos, peixes,
Pássaros sem você

Passagem meteórica
Passagem meteórica
Passagem meteórica

"Passagem Meteórica" diz que a personagem em questão continua pintando os olhos como aquelas tias antigas, e isso era verdade, ela pintava os olhos e ajeitava o cabelo e usava roupas de brechó de uma forma harmônica, como as mais bonitas tias antigas. Era assim que eu a via, e era uma das coisas que eu mais admirava nela: o modo nostálgico como se compunha no espelho, incluindo aí os maiôs escuros de freira, e não biquínis de brotos. Tudo lhe caía bem.

E assim ela passava voando, de um momento ao outro, de uma estrela a outra. Tinha uma vida corrida, e isso de alguma forma era um contraponto à minha, que se projetava pacífica, mas só na aparência. No fundo, no fundo, havia um desequilíbrio sendo regado numa pequena estufa, ou uma doença estranha, como na garota de *A Espuma dos Dias*, de Boris Vian, um escritor do qual ela gostava muito. E outros franceses apareciam na lista dos seus favoritos (todos os Jeans entrariam nessa lista).

"Eu vi seu andar movendo a paisagem", diz a letra. Parece o cenário móvel de um filme antigo. E a forma como "sumiu na neblina, embora um céu de brigadeiro pairasse bem acima": eis aí algo interessante de acontecer numa passagem meteórica.

É preciso que se diga que não alimentei cães, gatos, peixes e pássaros sem ela, como diz a letra. Nós não tínhamos animais domésticos, cães, gatos, peixes ou pássaros, nem pensávamos em ter filhos.

Valsa do Pére Lachaise

Ao pé da torre Eiffel, na noite de Ano-Novo, um anel de morcego, um cachecol azul no Mercado das Pulgas, minha amiga Maria, muito alta, o marido, muito baixo, entrando no metrô pela primeira vez. O presente que eu dei a ele, a camiseta assinada pelo Pelé, o mau cheiro, que é o da vida subterrânea, o Moulin Rouge, o Museu Rodin, Les Halles, as Tuileries, o Museu d'Orsay, *A Origem do Mundo,* de Gustave Courbet, visto a um palmo do nariz, a impressão de que a cidade ficaria mais bonita a cada volta, os monumentos dourados nas pontes, a pátina das cúpulas de bronze (*verdigris*), os velhos Citroën de dois cavalos, a luz da primavera e o frio da noite, uma despedida na Gare de Lyon, Juliette Binoche passando veloz para pegar o trem, o rosto tão branco, os cabelos tão pretos, o Père-Lachaise. É um dia feliz, Marie espera por mim, ando pelo Père-Lachaise, olho as sepulturas, a memória dos homens, Allan Kardec, Édith Piaf, Victor Noir e seu bolso (reluzente na altura do sexo, pois a escultura do homem morto em tamanho natural, com uma ereção *post mortem,* é um símbolo de fertilidade no qual as mulheres passam a mão, depois de depositar flores na cartola que jaz ao lado e beijar os lábios de Victor), mas o túmulo de Jim Morrison eu perdi, penso em Yves e Simone (Yves Montand e Simone Signoret), canto *Le Temps des Cerises* (associada à Comuna de Paris, famosa na voz de Montand). Na verdade, assobio.

Essa foi uma letra escrita em francês tupinambá, cheia de erros, para uma valsa do Ricardo, na tradição das valsas punks dos Stranglers.

Depois, o amor

Vai dentro de você
Você não pode ver
Vem o doutor chinês
E vai tirar de você

Depois, o amor acaba

Vai tirar de você
Talvez você possa ver
Ainda não tem nada a ver
Mas saiu de você

Depois, o amor acaba

É sobre um aborto. Em "Colinas como elefantes brancos", Ernest Hemingway foi menos misterioso do que eu. Foi como tentei revolver uma história antiga, anterior aos meus casamentos, na música e nos livros também:

Estava tudo muito perto no tempo. A entrada com o portão de madeira encravado num muro cheio de flores e hera. A escada comprida que ia dar na casinha feia no fundo do terreno. As cinco ou seis mulheres que esperavam. A atendente atrás de uma mesa. Todas olharam para eles, parados na porta, e ela se adiantou e pôs o envelope com o dinheiro sobre a mesa. A atendente mandou esperar. Muito tempo de espera, em silêncio. Ele procurou pensar em outras coisas, não queria olhar para ela nem para as outras mulheres da sala. Por isso não se lembraria do rosto de ninguém. Ela foi chamada pelo seu longo nome verdadeiro, parecia outra pessoa. Entrou sozinha. Não demorou muito ou demorou demais, ele não se lembra. Apenas ela saiu lá de dentro pálida e pisando leve, parecendo usar chinelos de pompom. Lá dentro, botaram um camisolão nela e a fizeram deitar. Deram-lhe uma anestesia. "O médico parecia chinês", ela disse, mas também não olhou direto nos olhos dele. Disse que não foi nem bruto nem gentil, apenas fez o que tinha de fazer. Mas a natureza, segundo ela, boiava nos potes que viu antes de apagar.

Dentro dos potes, os fetos disformes. Não tinha como achar que ali dentro existia alguma coisa que se mexera algum dia. Tudo parecia naufragar num líquido viscoso. Deve ter sido uma alucinação, ele pensou. "Foi de propósito", ela disse. "Ele queria que eu visse aquilo para saber muito bem o que estava fazendo. Era como se me desse uma lembrança para levar pra casa, meu feto dentro de um pote".

Fez o que tinha de fazer e eles foram embora, subindo a muito custo a escada que ia dar no portão florido. Em casa, na república, ela dormiu o resto do dia, e no começo da noite foi embora, tão estranha que já não se reconhecia mais.

Depois, o amor acaba.

Zero de Comportamento

Eu não tenho nada
Eu não sou nada
Nenhuma escola
Me quis
Eu sou o monstro
Eu sou o pântano
O Elvis nos quadris
Eu cuspo acima
Da Via Láctea
Onde Deus residiu
Eu tenho pena
Da guerra de
Travesseiros
Que se seguiu

(Zero pra você)

A melhor hora para filmar os animais no zoológico, segundo Jean Vigo: o elefante às três horas, o macaco às três e quinze, o javali às três e quarenta e cinco.

Foi a primeira vez que Vigo usou uma câmera. Só o crocodilo e o avestruz deram certo.

A letra de "Zero de Comportamento" foi composta a partir da guerra de travesseiros do filme homônimo de Vigo. Ela também evoca o poema "Tabacaria", de Fernando Pessoa: "Eu não tenho nada/Eu não sou nada/ Nenhuma escola me quis". Elvis entra no meio: "Eu sou o monstro/ Eu sou o pântano/ O Elvis nos quadris".

O monstro poderia ser Michel Simon, o Père Jules de *O Atalante*. Ele era feio, de traços grosseiros, um misantropo na vida real, testador de prostitutas para a dona do bordel mais famoso de Paris (o de Madame Claude), proprietário de quatro macacos, uma cadela, cinco gatos e um papagaio. Em *Atalante* ele tem o corpo todo tatuado, fuma pelo umbigo (a boca de uma tatuagem em forma de mulher), usa o dedo como agulha de vitrola, coleciona objetos exóticos, tudo isso a bordo da barcaça monótona que desliza pelo Sena. "O tipo de filme em que os pés fedem", segundo François Truffaut.

Os animais do zoológico de Vigo e os animais da casa de Noisy-le-Grand, de Simon, cheia de túneis para os macacos. Simon certamente preferia os animais, e tinha o aspecto de um, dependendo do filme. Poderia ser lúbrico como um pombo gordo, melancólico e sombrio como um gorila, preguiçoso e satisfeito como um crocodilo depois do almoço ou um gato de apartamento, de chapéu coco, louco e suicida fora de forma.

No livro de Paulo Emílio, o pai de Jean, Almereyda (um anagrama de *y'a la merde, há merda*), é o anarquista trágico assassinado pela polícia na prisão. Ele seria a grande influência de Vigo, na resistência a qualquer autoridade, no antídoto antiburguês, na imaginação selvagem, malcomportada, na poesia, elementos que conduzem os seus três filmes mais conhecidos (ele fez apenas quatro): *À Propos de Nice, Zero de Comportamento, O Atalante.*

Tuberculoso, Vigo viveu muito pouco, não mais do que 29 anos.

Trago sempre o livro de Paulo Emílio comigo. Ele sobreviveu a todas as mudanças. Está aqui na minha mesa, ao alcance da mão, para que nunca se perca. Noto que, como os meus livros mais queridos, está se desfazendo.

Lembro da grande risada de Paulo Emílio nas duas ou três aulas que assisti dele na universidade. Quem as ouviu não esquece jamais. Costuma acontecer com as grandes gargalhadas.

Criança de Domingo

Eu sábado vou rodar
Criança de domingo
sem saber guiar
Criança de domingo

Amanhã tem mais
segunda é um dia lindo
faça chuva ou sol
amo o meu domingo

Ela nasceu num domingo, e por ter nascido num domingo pertencia à categoria das crianças que os suecos dizem possuir uma sensibilidade especial. Como Ingmar Bergman, por exemplo.

"Criança de domingo" foi feita pensando nesses dois vetores, ela, às voltas com o Fiat Uno, e Bergman, que havia escrito o roteiro para o filme *Crianças de domingo*, dirigido por um de seus nove filhos, Daniel. *Söndagsbarn* (é assim em sueco) fala de um verão na infância de Ingmar, quando o garoto descobre a separação iminente dos pais.

Bergman nasceu em 14 de julho de 1918, o último domingo da família Romanov, que Lênin mandou executar num porão em 17 de julho. Gosto da história de que as balas ricocheteavam nos diamantes escondidos nas roupas de baixo das princesas, provocando fagulhas. E Rasputin já não estava vivo, mas foi bem duro de matar, tendo sido envenenado, fuzilado, castrado, espancado e atirado inconsciente no rio Neva, para só morrer em virtude de uma hipotermia. A igreja ortodoxa russa canonizou todo mundo, menos Lênin e Rasputin.

Daqui a alguns dias faz cem anos que Ingmar Bergman nasceu. Eu só aprenderia a dirigir aos 39 anos, e meu primeiro automóvel foi o mesmo modelo de Fiat que ela dirigia e Chico Science também, por ocasião da sua morte.

"Eu sábado vou rodar/Criança de domingo/Sem saber guiar/criança de domingo." Quando Chico morreu no acidente de Recife, era domingo. Soube que as pessoas começaram a dizer que a música, por seu caráter automotivo e pelo dia da semana que evocava, era premonitória. Coitada, ela nasceu apenas para celebrar uma criança em movimento, e o domingo em que ela nasceu. E também a segunda-feira, por que não? ("Amanhã tem mais/segunda é um dia lindo"). E por tabela, a infância de Bergman, o homem que terminou a vida sozinho numa ilha, distante de seus nove filhos, e em cujos filmes cavaleiros medievais jogavam xadrez com a morte e pessoas viam fantasmas, como ele mesmo nessa ilha.

Chico, que também nasceu num domingo, disse que a música parecia uma loa de maracatu. Uma loa é uma toada. Para cada loa cantada existe a resposta de um coro. Em "Criança de domingo", aquela que o FSV gravou, há um diálogo entre a minha voz e a do Jair. Curioso, na versão de Chico, não existe diálogo algum, só o ritmo é de maracatu.

Descobri que no Recife há uma certa "Noite dos tambores silenciosos". É quando, na segunda-feira de Carnaval, os maracatus da cidade se encontram e fazem silêncio. Os escravos não podiam fazer barulho, só cortejos silenciosos.

Belo nome o dessa noite. O silêncio é de ouro.

"Criança de domingo" é uma das duas músicas assinadas por mim e pelo Ricardo. Quando Chico me pediu para gravá-la, eu dividi a autoria, mas acho que já estava pronta no ensaio em que foi apresentada a todo mundo. Como não tinha certeza, resolvi dividi-la. Era como se a dividisse com o grupo todo, naquele ensaio. Pois a melhor coisa do mundo era ensaiar com aquelas pessoas. Só faltava o Thomas, mas com ele seria o Fellini, não o FSV.

Eu não sabia dirigir. Na música, porém, guiava mesmo assim, como nos sonhos.

Lava

Por sob o mar
De lava
está o sol
Um sol pequeno
Simpático
Em formol

Cruzam o céu
As mulheres leves
Mas sob a lava
O sol escurece

Ó lava escura
Em pedra
Sob meus pés
Ainda escuto
Os breves decibéis

Cruzam o céu
As mulheres leves
Mas sob a lava
O sol escurece

Uma canção vulcânica (de um vulcão extinto) tocada por muito tempo sem uma letra, as letras sempre vinham depois, nunca antes de uma música.

"Lava" tinha a ver com alguma coisa extinta, as cinzas do primeiro casamento talvez. Ela foi embora para a Alemanha, e havia um sentimento de culpa rondando a história toda. Houve outra mulher e ela simplesmente partiu. Não houve briga nenhuma, só a despedida, e ela ficou pela Europa, primeiro em Colônia, depois Amsterdam e de novo Colônia. Mas estava tudo acabado, e tudo certo apesar de acabado. Ela contava a história de como adormecera tentando ouvir e entender o idioma numa festa. Tal esforço fez com que cochilasse num sofá enquanto a festa seguia. E assim por diante. Ela também fora o centro de "Teu Inglês", um quase hit do Fellini em que a partida já estava no ar.

Quando eu digo "Cruzam o céu as mulheres leves", estou me referindo ao anúncio de um filme de Georges Méliès, o pioneiro do cinema. Estava escrito, embaixo de um de seus truques cinematográficos, o da mulher voadora (menos conhecido do que o foguete enterrado no olho da lua): "Nos filmes de Méliès, as mulheres são leves". Usei a mesma imagem em "Clepsidra", música do último LP do Fellini, gravado alguns anos antes da existência do novo grupo. *Mas sob a lava o sol escurece.*

Stela canta. Eu e Jair fazemos um coro de doo-wop no refrão: "Cruzam os céus as mulheres leves/ Mas sob a lava o sol escurece". Há uma espécie de pureza extrema aí. A voz de Stela é quase a de uma criança. É quase um lamento infantil, na solidão típica das crianças de domingo: "Ó lava escura/ em pedra sob meus pés/ ainda escuto os breves decibéis."

A lava de um pequeno vulcão extinto.

Este poema foi escrito quando estive em Amsterdam, dois anos depois, e revi minha amiga "com gastrite no túmulo dos Reis Magos", a garota de "Teu Inglês":

Amsterdam 94

No restaurante vegetariano
tão alto
o pé-direito
e na igreja
o que tanto
conversamos?

No parque
velhos pescadores

devolviam o peixe
ao lago

Bicicletas enferrujadas
todas juntas
como uma coroa de espinhos
(já disse isso
o que tanto
conversamos?)

Cortinas floridas
nos barcos do canal
onde as pessoas viviam
tudo estava por acontecer
lembra-se?

Mulheres aguardavam nas vitrines
que eu, tão livre em 1994,
fosse até lá colhê-las
e depois as devolvesse à água

Sua amiga
de braços torneados
palpáveis e brancos
Bettina Wilhelm

Exposeert
In Het Rietveld
Paviljoen
Devolvamos
as mulheres
à água

Na água-furtada
onde você morava
e gaivotas faziam ponto
eu observava
o porvir
da sacada
(um moinho velho parado
no tempo
e no vento)

Porvir
onde estamos
agora

Flor da espera

Que máquina suave
Tange
A lua em junho

E nas calotas polares
Apanha
O frio de junho?

Que máquina suave
Range só
no escuro

e num circular da USP
ganha
a flor da espera, o futuro?

Em algum momento perdido no tempo, alguns anos ou meses depois do fim de tudo, não sei ao certo, eu e Ricardo nos reencontramos na casa dele, durante algumas noites da semana, para fazer algo juntos. Não sei qual era a ideia, o FSV já não existia mais.

O fato é que acabei gravando algumas músicas no violão, sem letra nem nada, apenas as cordas e a batida eletrônica imaginada por ele, e também, agora me lembro, um ou outro teclado incidental que eu mesmo fiz. Tudo ficou guardado numa fita cassete, que agora, imagino, como costuma acontecer com a música que eu faço, está perdida.

Quando, muito tempo depois do fim do FSV, reencontrei o disco perdido (e isso é uma outra história), e quando tentava remixá-lo no estúdio do irmão do Thomas onde havíamos gravado, o acaso, de novo, me fez recuperar essa fita. Ela estava guardada numa caixa de sapatos, na companhia de outras, no ponto mais alto de um armário quase sempre fechado.

Ao ouvir a fita, guiado pela velha curiosidade, decidi acrescentar uma canção a mais naquele disco, que já existia, mas não na forma final que acabaria tendo.

Era uma música bonita, tocada de um jeito relaxado, e nem tão autoral à primeira vista: não parecia que eu a havia composto e tocado, parecia coisa de outra pessoa. Acho que é o que se chama de distanciamento crítico, possibilitado pelos anos que ela havia passado enclausurada em uma fita cassete escura, dentro de uma caixa de sapatos.

Então escrevi uma letra que era uma espécie de elegia pelo meu tempo de USP, e também uma projeção futura cheia de esperança.

A espera que está no título, no formato de uma flor que desabrocha.

Falo de uma "máquina suave", o que seria uma tradução ao pé da letra de "*soft machine*", uma expressão do William Burroughs que acho que ficaria melhor como "máquina macia". Soft Machine era o nome da banda de Robert Wyatt nos anos 70, um artista de quem a gente gostava muito, um homem que ficou paralítico ao cair, bêbado, de uma janela do quarto andar, durante uma festa de aniversário.

Creio que, por associação de ideias, lembrei de uma festa no CRUSP, o conjunto residencial da universidade, onde havia acontecido a mesma coisa: um garoto bêbado caiu do prédio durante uma festa, e ficou paralítico. A voz de Wyatt, que também era baterista no tempo do Soft Machine, era a de um tenor ainda mais suave.

Claro que prefiro os barítonos, tipo Leonard Cohen e Lou Reed, em detrimento de artistas de trinados longos e agudos (se é que Leonard e Lou são mesmo barítonos ou eu é que não entendo nada do assunto). Mas Wyatt cantava como um anjo de timbre metálico, um anjo barbudo e irado, cujo comprometimento político só foi aumentando com o passar dos anos.

Enfim, foi por causa do "*Soft Machine*" de Wyatt e não por causa do *Soft Machine* de Burroughs que eu cheguei à letra de "Flor da espera", da qual me orgulho muito, pois, afinal, veja você, nasceu como um poema de um asceta passando frio na universidade. Um Mondrian solitário e gelado que gostasse de música, enquanto no CRUSP, em certa madrugada, um garoto despencava do prédio durante uma festa, como Robert Wyatt em junho de 1973.

Ela fala de certa "lua em junho". "Moon in June" é uma música jazzística do Soft Machine que eu costumava ouvir num disco do Alex, quando moramos juntos. Era a única do disco que eu ouvia, porque já era suficiente. Uma música de dez minutos que não acabava nunca.

O resto, o clima todo de esperança pensada num ônibus circular da USP (branco, azul e cor de laranja) é uma espécie de elegia do que aquele rapaz sonhava, aquele que era eu mesmo, uma criança em um sonho circular.

A espera também tem a ver com um disco que, como se verá a seguir, precisou ser resgatado de um tempo perdido para um tempo reencontrado.

Morfina

Ainda havia uma outra música no repertório do FSV. Chamava-se "Morfina". A letra se perdeu. Acho que atendia a uma ideia inicial de falar de temas brutos e encapá-los com melodias suaves, mas não estáticas. Quantas canções de amor havia no conjunto? Que eram tristes não tenho dúvida, mas eram maioria. Acho que a minha vida de músico foi sempre assim, cheia de trilhas abertas no caminho de um amor louco.

No caso de "Morfina", ela surgiu de Chico Buarque. Ele havia feito um relato de como viajara de morfina durante uma cirurgia no pé. Aquilo valia uma música, e seria a segunda vez que Chico entraria em uma composição minha. A primeira fora com "Chico Buarque Song", escrita em 1989 para o último LP do Fellini, *Amor Louco*. É uma das melhores músicas do Thomas, mas fiz a letra em inglês, pensando mais ou menos no atrito entre aquele samba alemão, levado pela bateria eletrônica, e o tema MPB — ou alguma coisa do tipo. "Os olhos brilhantes de uma lebre atravessam o caminho que você toma para deixar sua casa", diz logo na abertura. "E o dia começa nas sombras". Essa pessoa que vai embora, um eco distante da garota de "*She's leaving home*", do álbum *Sgt. Pepper Lonely Hearts Club Band*, é quem ainda ouve Chico Buarque à noite. Errei no inglês aí, mas a intenção permanece: o ruído de um samba elétrico cantado em inglês.

"Morfina", uma retomada do tema Chico Buarque, era a letra mais deprimente que eu já havia escrito. Sou incapaz de lembrar o que ela dizia. Ainda bem. Ao reencontrá-la, no futuro, eu faria com que sumisse do mapa. Mas que ela existiu, existiu.

A heroína (pensei a noite passada, durante a vigília) é o abraço da felicidade que matou o jazz.

Faz muito tempo que eu não escuto Chico Buarque. Mas às vezes ainda tenho minha hora do jazz. Sempre se disse que os roqueiros ouvem jazz depois de velhos. É isso aí.

E então, no mesmo estúdio onde ensaiávamos, no alto daquele abismo do Sumarezinho, gravamos o disco. Não consigo lembrar se foi gravado ao vivo, com as vozes definitivas colocadas à parte, ou não. Se fosse o Thomas, ele lembraria — ele sempre tinha um organograma das gravações, com o que entrava em cada canal. Deve possuir isso até hoje. Não deixa de ser incrível e comovente essa fé no futuro. Sem esse motor, não teríamos feito nada no Fellini, e um pouco desse motor sobrou para as gravações do FSV, sem dúvida.

Foram tantos ensaios, não foi difícil gravar. Estava tudo pronto. Acho que os coros ficaram lindos. E lembro de minha voz nos fones de ouvido. Era muito bom cantar assim, ouvindo tudo. Porque, em geral, quando você se apresenta em público, as coisas nunca saem como foram ensaiadas. E ali estávamos nós quatro, eu, o Ricardo, o Jair e a Stela, tocando como se fosse a coisa mais natural e feliz a se fazer. Quantas vezes conseguimos esse grau de felicidade em nossa vida? Quando tudo está no lugar? E tudo é estranho e maravilhoso.

Era isso que parecia. Os coros, os instrumentos, o baixo pleno de corpo e gravidade, a guitarra comentando as melodias de forma perfeitamente audível, os teclados simples, quase infantis no que tange à inocência primordial que as músicas pediam, os ritmos eletrônicos da Drumatix, barulhentos, para espantar qualquer chatice que o lirismo excessivo pudesse despertar, o medo de parecer meloso demais.

Está tudo ali, "tão pueril quanto subversivo" (onde terei lido isso? Em algum comentário sobre *O Atalante*, de Jean Vigo? Tomara).

Um disco montado, talvez, como um poema. A semana passada eu o ouvi inteiro com fones de ouvido, e cheguei a essa conclusão. O que importa se não tiver sido um poema de primeira? Pelo menos foi um poema, e basta. Porque já está perdido no tempo, como a maior parte dos poemas que são feitos neste mundo. Eles vão ficando pelo caminho e se apagam depois de uma curta existência.

Ao final de "Criança de domingo", cantei um trecho de "Domingo de Páscoa" ("Depois do domingo de Páscoa/ Segunda é o dia"). É uma música de *Fellini só vive duas vezes*, o nosso segundo disco, gravado na sala de visitas do Thomas. Foi um conto de duas solidões, duas pessoas numa sala de visitas, uma guitarra, a bateria eletrônica

Drumatix, que então era uma criança, um teclado Casio, o mesmo Casio cuja marca o Blixa Bargeld, da banda do Nick Cave, disse que a gente deveria esconder com fita adesiva. Foi depois de um show no Aeroanta, e era tudo que ele tinha a dizer sobre o Fellini. Nick vivia em São Paulo nessa época, fugindo da heroína, embora houvesse heroína em São Paulo também.

Um guarda-noturno passa pela rua, de bicicleta, num longo assobio. Dá para ouvi-lo na gravação. Deixamos porque ficou bonito, e também porque não tinha jeito mesmo, era gravar ou gravar, e estávamos na sala de visitas, era noite, o barulho do mundo havia nos alcançado, por que não? O mundo estava lá fora, girando. Dentro da sala parecia estático, o tempo suspenso nos fones de ouvido.

Qual era a música? Sei que esse guarda-noturno está lá, em algum lugar, e que alguém mais vai encontrá-lo por acaso, ainda acontece.

Era janeiro de 1986. Estávamos gravando aquele que seria o nosso segundo disco, "Fellini só vive duas vezes". Era a nossa segunda dentição, mas estávamos sós, eu e o Thomas, porque, no torvelinho de mudanças que era a vida daquele grupo, tínhamos expulsado o Jair, depois que o Ricardo saíra para se casar. Por que expulsamos o Jair é algo que não consigo explicar. Ele ficou chateado, até sua mãe veio falar comigo, e eu não sabia o que dizer. Então ficamos eu e o Thomas com a ideia de fazer um disco na sala de visitas, com um sintetizador, a velha bateria eletrônica Drumatix e um gravador de quatro canais, com fita cassete.

Anos antes, em 1981, o guitarrista Vini Reilly, da banda-de-um--homem-só Durutti Column, havia gravado um disco inteiro no seu quarto, enquanto a mãe dormia ao lado. Pelo menos Thomas morava sozinho, e os vizinhos não reclamavam. Nem o gato Mitzu.

A rua Oscar Caravelas, no Sumarezinho, desce serpenteando na direção da Vila Madalena. Perto da casa do Thomas havia uma praça, que no futuro se chamaria Cazuza.

Em suas curvas e declives, a Oscar Caravelas era uma rua solitária. Diante da casa do Thomas, sempre ficava estacionado o seu Fusca azul. Ele dizia que o carro sabia chegar sozinho em casa. E em muitas madrugadas, chegava mesmo.

"You Only Live Twice" (do filme *Com 007 Só se Vive Duas Vezes)*, na voz de Nancy Sinatra, é de onde saiu o nome do disco. E a melodia também foi citada em "Alcatraz Song", cuja letra eu escrevi para uma amiga que estava morando em São Francisco. "Uma vez só é pouco", diz o refrão. Fui apaixonado por essa amiga no meu primeiro ano da universidade. Eu a vi pela primeira vez como num poema, uma aparição de vestido florido até os pés, um deles enfaixado, num domingo no Bosque do Morumbi. E depois a reencontrei na ECA.

Uma vez só é pouco. O lance provisório do grupo ainda estava no ar: *Fellini só vive duas vezes*. Tinha começado com um adeus, *O adeus de Fellini*.

Pensando bem, que estranho era aquele estúdio, meio que enterrado numa caverna, e no qual foi construída uma arquibancada para cerca de vinte pessoas.

Foi ali que aconteceu o único show do FSV neste mundo. O menor espetáculo da Terra, para 20 pessoas. Teve cara de ensaio aberto.

Quem estava nesse show? Só me lembro do baterista do Capital Inicial, que veio nos dizer que tinha gostado, e como seria incrível ter uma bateria de verdade naquele som. O espírito não era esse, claro. O espírito era o de uma banda com a bateria igual ao de um soldadinho de brinquedo, ou um coelhinho.

Não sei qual foi o efeito desse único show. Mas ninguém, que eu saiba, se lembra dele, ou montou uma banda por causa dele, como aconteceu com os Sex Pistols em Manchester, do qual saíram inúmeros outros grupos, um número maior à medida em que a história avança pelo tempo. Mas dali saiu o Joy Division.

Não foi o caso daquela tarde de sábado no começo dos anos 90. O único show do FSV ficou apenas na memória dos quatro, eu, Ricardo,

Jair e Stela, pela simples razão de que estávamos no auge, e não houve turnê mundial, não houve tempo para brigas e casamento forçado dentro de um ônibus psicodélico com o nome da banda escrito do lado de fora. Foi o único show de uma banda cuja divisa acabou sendo a efemeridade de uma vida de inseto ou fumaça. O show de uma caverna no alto da colina.

Reencontrávamos Chico Science em toda parte, ou pelo menos eu achava que era em toda parte, como se ele fosse onipresente. De repente, ele aparecia, simpático, com os óculos de inseto, e ainda assim um pouco tímido. Pensando bem, se forço a memória, eu só o vejo no Ritz, sempre no Ritz, aparecendo na companhia dela, surgindo do nada na sua companhia, e a gente se saudava como velhos conhecidos daquele corredor da televisão.

Houve uma noite beneficente no Ritz: parecia uma noite cheia de diamantes bondosos em Nova York. Nessa noite eu e ela ficamos atrás do balcão preparando margaritas, os donos do coquetel. Posso ter visto Chico por ali, vai saber. Na minha memória, ele sempre estava mesmo em alguma parte.

Um pouco mais para a frente, a revista *Bizz* promoveu um encontro entre nós dois num hotel em que os artistas costumavam ficar, o Jandaia, perto da *Folha*. Aparecemos sorridentes numa fotografia. Acho que falamos sobre como eles ouviam nossas músicas na praia, em Recife etc. e tal.

Um dia ele foi a Londres e telefonou ao Thomas.

— Oi, Thomas, aqui é o Chico.

— Chico, que Chico? (imagino que tenha pensado de leve em Chico Buarque, agradecendo por "Chico Buarque Song").

— Chico Science.

E naturalmente foram para o pub. Se você perguntar sobre o que conversaram, Thomas não vai se lembrar.

Em uma carta perdida de 1992, enviada de Colônia e escrita em papel de seda azul-celeste como todas as outras daquele tempo, Thomas falava sobre a fita cassete que eu havia lhe enviado, com as gravações do FSV.

Ele tinha um pouco de ciúme dos velhos companheiros metidos em outra banda, como qualquer um de nós teria. Mas gostava das músicas, de algumas mais do que outras. Ele inclusive dizia que, àquela altura do campeonato, o tempo que as cartas demoravam para chegar ao seu destino, a gente provavelmente já teria descartado algumas delas como "Passagem meteórica", da qual ele decididamente não gostava. É isso aí, preto no branco como sempre foi.

Mas lembro do efeito que "Camaradas" teve sobre ele, pedalando pela cidade no frio, com seu walkman. Ao ouvi-la, ele chorou. "Você com sua cara de encouraçado", dizia a letra. Era só fachada: ele chorou ouvindo a música, o que me deixou muito orgulhoso. Era a prova viva de que os laços prevaleciam, a química que nos unia nas composições do Fellini não poderia ser arrancada de nenhum de nós. E a minha mensagem ultramarina havia alcançado seu destino, havia sido ouvida por ele na garupa de uma bicicleta a caminho da Saturn, a loja em que ele vendia "discos aos neonazistas", como dizia a letra.

Engraçado, não saberia dizer se a música chegou até a outra camarada com-gastrite-onde-é-o-túmulo-dos-Reis-Magos. Só me dei conta disso agora, tanto tempo depois. Mas o trotskista dentro de mim não enviara sinais telepáticos?

Camaradas, a vida é bela.

Resolveram colocar uma apresentadora ao meu lado na televisão. Ela fez o teste, não tinha como errar. Viramos uma dupla, como Eva Wilma e Johnny Herbert em *Alô Doçura*, eu costumava dizer. Encontrei Johnny algumas vezes no cinema, sempre usando um foulard.

Ela nos levava até o trabalho em nosso Fiat verde. A TV ficava numa várzea e, às vezes, nas tempestades, a região inundava. Portanto, pegamos até inundações juntos. Garças nas margens do rio. Famílias de capivaras em fila indiana. Uma geladeira boiando na água suja. Pegamos tudo isso juntos, e eu fazia piadas a respeito de trabalhar junto. Ela se dedicava, repassava o texto antes de entrar no ar. Eu observava admirado: era uma pessoa da televisão. Sempre foi muito boa nisso.

Ela surpreendeu todo mundo ao cortar o cabelo muito curto. A câmera gostava dela, e isso acontece com poucas pessoas. Ela fazia *street dance*, e saía para dançar nos fins de semana. Eu inventei de ficar em casa batucando na máquina de escrever. Ou talvez tenha sido depois, quando comprei um notebook. Lembro apenas de ficar em casa sozinho, escrevendo. Ela ia e vinha com seus amigos do Sub Club, onde dançava. Meu negócio, eu pensava, eram os livros. Mas gravei tantos discos — era como se o vento estivesse favorável só a eles.

Ela era uma pessoa sociável, diferente de mim. Ainda bem, cada um deve cuidar da própria respiração, diz um ditado do Himalaia. Mas como viver junto? E aparecer na TV junto, lendo o texto como num jogral?

Não é estranho viver junto com alguém tão antiquado que se lembra de jograis cômicos da pré-história da televisão?

E mesmo assim me casei muitas vezes.

O FSV morreu sem emitir um ruído que fosse, sem fazer barulho, desaparecendo no ar. Gravamos o disco, pegamos algumas cópias em fita cassete (não mais do que quatro), e fomos cada um para um canto. Um ano depois foi como tudo ficou. Sem barulho, sem som, como havia começado. Foi uma daquelas vidas curtas das quais lembramos lá para a frente com um de nossos ossos nostálgicos.

Ao longo dos anos, Stela sugeriu algumas vezes que a gente fizesse pelo menos uma apresentação. O Ricardo sempre foi muito discreto a respeito disso, mas ele toparia. Eu e o Jair tocamos em dupla algumas das músicas que estavam naquela fita inaugural. Em 2016, o ano dos meus 60 anos e da maior festa de aniversário que já tive na vida (uma festa secreta no Madame Satã bolada pela minha mulher com a presença do Thomas direto de Londres, e de todo o FSV, mas isso é uma outra história), eu e o Jair tocamos juntos no Sesc Santana, com duas guitarras, em uma tarde fria e ensolarada de setembro.

Nem Stela nem Ricardo estavam lá. Naquela noite do meu aniversário no Madame Satã, o Fellini se reuniu pela última vez, exatamente no mesmo porão em que, de certa forma, havíamos começado. Não me lembrava de quão apertado ele era, mas sim que gritei muito ali embaixo, em todas as ocasiões, a vida inteira. Só os cristãos conseguiam sussurrar nas catacumbas.

A festa evocou tantas lembranças que ainda não sei o que dizer. Acho que nunca saberei. Estavam todos lá, a bagunça de uma vida inteira.

Foi com um pontapé que deixei a televisão e fui embora. Sempre aconteceu uma revolução desajeitada quando agi assim. Tem a ver com os vulcões mediterrâneos que a gente sempre julga extintos. Esse é o meu temperamento.

Bati boca no meio da redação com um sujeito que era uma cobra, dessas cobras bíblicas que encontramos por aí enrodilhadas nas colunas do trabalho alheio. Essa ética de trabalho eu aprendi com meu pai, que sempre deu um duro danado.

Ele era um animal político, e a TV que eu conheci ainda era um estranho zoológico, com animais de toda espécie. Eu me lembrava da figura: ele era ligado à Convergência Socialista no meu tempo de militância. Os trotskistas sempre foram divididos em milhares de facções, como um vidro bem quebrado. Havia, inclusive, os que acreditavam na Revolução Interplanetária. Não que os stalinistas insidiosos fossem melhores. Não eram, eram o cão, nunca mudei de ideia sobre Stalin, a barata bigoduda.

Mas a quantidade de trotskistas com desvio de caráter que conheci sempre me pareceu espantosa. Com o passar dos anos, eles se espalharam por toda parte, muitos deles como chefias. E nós, que não éramos mais do que simples militantes, com nomes de guerra exóticos e engraçados (Lumumba, Yamamoto, Bráulio, El Zurdo), não sabíamos fazer o que eles faziam tão bem: enroscar-se nas colunas do trabalho alheio e dar o bote.

Houve um tempo em que a Convergência quase se uniu à nossa organização. E foi assim que eu conheci a figura. Sempre pendurado em alguém que fosse o seu chefe.

Sei que o negócio foi violento. Um amigo meu teve um nó no estômago por causa do espetáculo. A erupção aconteceu numa sexta-feira. Durante semanas, a figura ficara me enviando bilhetinhos estranhos, em meio a um clima na equipe que pesava contra ele. Acho que estava tentando me cooptar.

— Ele estava apaixonado, disse o amigo do nó no estômago.

Na segunda-feira, levei minha carta de demissão para a mulher que comandava a coisa toda. Claro, ele já estava enroscado nela. Fim. Depois fui falar com o presidente. Só por falar. Ele leu minha carta que detalhava tudo e disse que infelizmente eu tinha perdido a cabeça. A cabeça da cobra seria preservada por muitos anos.

Nessa época, eu já havia voltado para a revista de cinema onde trabalhava antes da TV. Fazia uma jornada dupla, antevendo, talvez, o que estava por acontecer.

Ela ficou apresentando o programa sozinha. Nosso casamento acabou pouco depois, de forma pacífica, dentro dessa revolução desajeitada.

E ficou tudo bem. Só que eu saí dali como outra pessoa, uma pessoa um tanto chamuscada, de volta para um vulcão que julgava extinto.

Que nada! O vulcão voltaria e voltaria para me assombrar em outras explosões pela vida afora. A vida, que é tão breve.

Aqui, algumas palavras sobre a efemeridade:

A vida é de fato curta. Muito breve. Você olha pra trás e num relance já não está mais ali. Melhor não olhar pra trás. Não olhe pra trás, lá atrás ficaram as peles, *disse o poeta. Não um grande poeta, um poeta menor e bissexto. Um poeta envergonhado que, no final da vida, ao olhar pra trás se transformou numa estátua de sal. Poeta, na minha concepção, é um Carlos Drummond ("Repara que há veludo nos ursos").*

Em matéria de poesia, você é mais um analfabeto musical. Está numa cidade estrangeira, cujas placas são ininteligíveis. Mas move-se assim mesmo, em busca de um endereço. Isso é valioso.

Agora você está aposentado. Juro que sim. Você acordou um dia e estava aposentado. De verdade. Você recebeu ligações diárias dos bancos, oferecendo crédito consignado.

Olha que mundo mais estranho: só tem fábrica e banco. *Essa foi para minha filha, e a gravamos em Londres, na sala de visitas do Thomas, naquela casa de tijolos vitorianos de onde ele se mudou há bastante tempo.*

Hoje, metido no escritório, você pelo menos tem um escritório onde se refugiar. E o sol entra pela janela com uma luz pálida, nas primeiras horas da manhã.

Você está ali porque não tem mais sono. Velhos dormem pouco, é o que dizem. Um dia, chego lá.

Você vive ali porque gosta de ler, e ali, numa estreita e linda estante branca, vivem os livros que mais ama, e que, portanto, sobreviveram a naufrágios consecutivos.

O que amas de verdade não te será arrancado. *Essa é de Ezra Pound.*

Se gamas por uma voz
É muito bom
Se reclamas por esta voz
O outono em pleno verão
Só porque ela é parada nesta estação
Amas de verdade
então

Essa é minha, e não pode me ser arrancada. Se a vida dura tão pouco, a gente se agarra ao que tem. Esta não me será arrancada.

Vivi com e sem música. Eu, o Funziona Senza Vapore, Chico Science, Criança de domingo e a literatura não duramos quase nada.

O amor. O amor, mesmo louco, esse acaba, e reviverá em outro e assim por diante. Meu filho, por exemplo, está apaixonado.

Foi o que aprendi desde o século passado: Hoje está aqui, amanhã não está mais. Tudo passa, tudo morre.

Tempos depois, refastelado numa poltrona da sala de visitas daquele mesmo apartamento na travessa da rua Augusta, casado outra vez, recebi um telefonema do Rio. Era Chico Science. Ele disse que estava no estúdio Nas Nuvens. Que belo nome para um estúdio: eu me transportei para lá e vi os morros verdes cercados de névoa espessa. Lá embaixo, as águas da Baía de Guanabara. Era como se estivesse no Pão de Açúcar.

Que belo lugar para se gravar um disco. Se é que era assim mesmo como eu imaginava, ou se essas nuvens eram apenas uma metáfora da distração que martiriza todo artista quando se vive a vida real.

Ele queria gravar minha música.

A fita cassete do FSV tinha viajado até o Recife, nas asas da Stela, que se mudara para lá. E o pessoal do Manguebeat ficou ouvindo aquelas coisas todas, do Fellini e do Funziona, enquanto ia à praia (é assim que eu imagino). Há uma foto de Stela e Chico segurando o *Três Lugares Diferentes*, nosso disco de 1987, por ocasião de um show dos dois (ou três, não sei) com covers do Fellini. No cartaz desse show, aparece o gatinho da capa de *Fellini só vive duas vezes*, o disco anterior gravado na sala de visitas do Thomas. Acho que era esse espírito que os atraía.

Lembro que Chico recitava de cor a letra de “Zero de Comportamento”, do FSV. Mas naquele telefonema do Nas Nuvens ele me pedia que ditasse as palavras de “Criança de domingo”, a música que ele queria gravar. Primeiro me pediu permissão para fazer isso, depois, a letra, que ditei pelo telefone. Estávamos em 1996, o ano da gravação do seu último disco, *Afrociberdelia*. Ou, talvez, no Natal de 1995. Fala, memória.

E assim se estabeleceu essa conexão entre a poltrona da sala de visitas e o estúdio Nas Nuvens: ele anotou a letra e foi gravar, como se fosse uma loa de maracatu, a ideia que a música lhe inspirava.

Lembro que ao ouvi-la pela primeira vez fiquei orgulhoso. Era bem diferente da nossa versão, e não sei se gostei tanto assim, não era o meu barato. Mas e daí?, era o Chico, aquele cara de uma simpatia ampla e irrestrita.

De vez em quando pingavam uns caraminguás de direito autoral na minha conta e na do Ricardo. Não estávamos acostumados com isso. A gente não vivia disso, nossa carreira não existia, mas havia essa

"Criança de domingo", cujo original só apareceria dez anos depois, no disco reencontrado.

Aprendi a dirigir por ocasião do nascimento da minha filha. Tinha 39 anos, ainda era um pedestre renitente, e enfiei na minha cabeça que alguém que não fosse um motorista de táxi precisava dirigir até o hospital. Os Fiat me perseguiam: comprei um Uno prateado que pertencia ao meu pai. E foi com ele, em setembro de 1996, que chegamos à maternidade. Nesse mesmo dia e local, apenas quatro horas antes, tinham nascido os gêmeos de Pelé, Celeste e Joshua.

Passei por uma bateria de colegas jornalistas na portaria. Eles estavam ali para cobrir o evento. No elevador, encontrei uma fotógrafa da *Veja*, que, disfarçada de grávida, pretendia fotografar os gêmeos antes de todo mundo. E Pelé com eles. Não sei se conseguiu — seguranças vestidos de preto, com walkie-talkies, vigiavam os recém-nascidos no berçário. E não eram só os de Pelé.

Minha filha nasceu trazendo gatos e poemas de volta para a minha vida. Uma criança de domingo. Escrevi o seguinte:

Quando você nasceu

E trouxemos você do hospital
um filhote de gato se escondeu
no motor do automóvel
que aprendi a dirigir por sua causa, aos 39 anos
e assim, quando estacionamos
o filhote miou e deixou o seu compartimento aquecido
para conhecer de perto um certo frio de primavera
que resistia ao sol aqui fora

E tudo era novo
Você chegou
movendo os cílios grandes de flor carnívora
e com eles o mundo ao redor
os carros
        o céu
            o carrossel

Chico morreu e a missa de Sétimo Dia foi numa igreja no Sumaré, a Nossa Senhora do Rosário de Fátima, diante da qual eu ainda passaria muitas vezes no futuro, sem nunca mais entrar.

Cheguei dirigindo. Pensei no acidente que ele sofrera e também em "Criança de domingo", na qual eu não sabia guiar e dizia que segunda era um dia lindo. Ora, desde antes de "Blue Monday", do New Order, que não era. Mas "Depois do Domingo de Páscoa, segunda é o dia", eu mesmo escrevi no disco azul.

Incrível, mas dirigir, para mim, foi uma espécie de libertação e uma prova de que as melhores coisas me acontecem muito tarde na vida. Não sei por quê, continuam acontecendo, apesar da velhice.

Dirigir era como enrolar o novelo da cidade. Coisa de filhote de gato, de criança motora.

Foi uma missa triste, de corpo ausente. Dois anos depois, o Fellini foi tocar no Recife na primeira ocasião em que nos reunimos para uma turnê mundial. A irmã de Chico veio falar comigo. Foi como uma conversa na sombra, da qual a gente não lembra as palavras, e o sentido geral se esvanece. Stela estava lá e cantou conosco. Talvez tenha sido em "Zum zum zum zazoeira". Era um tom de funeral, de elogio fúnebre. "Quando eu morrer, uma nuvem de pó vai me suceder".

Nunca mais voltei à cidade. Demos um pulo até Olinda, que ficava ali do lado. Era carnaval. Olinda era como os desenhos de um atlas que eu ganhara de uma professora no primário: palmeiras compridas abraçadas, estreitas ruas de pedra e casas antigas e coloridas. No passado, 23 judeus holandeses fugiram de lá para Manhattan. Não vimos o homem da meia-noite, tampouco a mulher do meio-dia, mesmo porque eles nunca se encontram.

Há mais de cinquenta anos, diante da Catedral da Sé, também vi pousar um helicóptero trazendo uma imagem santa. Na minha paróquia, eu havia feito o papel do pastorzinho que assistira à aparição de Nossa Senhora de Fátima, em pé sobre uma nuvem portátil, na companhia de duas meninas. Nosso trio fora destacado para fazer a mesma encenação na Sé. Ficamos eu e meu pai num banco da catedral esperando horas. As pastoras não vieram, eu estava apaixonado pela pastora de nariz arrebitado. Quando, afinal, o helicóptero pousou no centro de um redemoinho e a Santa apareceu no colo de um padre de batina preta, não houve milagre algum. Mas durante alguns anos eu guardei o meu texto de cor, por via das dúvidas. A memória trabalha em silêncio.

Assim, quero puxar, da infância até por volta dos 15 anos — quando vivia trancado no quarto com um violão e um rádio gravador enorme —, a minha devoção pela poesia e pela música, os festivais da Record, a música que tudo invadia, e se falava de música na hora do almoço e na hora do jantar, diante da televisão em preto e branco, na qual se davam cascudos para melhor sintonizar, havia uma torcida imensa, e outro dia mesmo eu conheci uma pessoa que esteve numa dessas noites no Teatro Paramount e viu tudo de perto, como plateia, não como crítico de música ou colega dos músicos, viu tudo de perto torcendo como o diabo, e pego também a primeira audição distraída de *Abbey Road* na casa de um amigo de escola onde fazíamos um trabalho, uma casa espanhola onde serviam churros com chocolate quente, tínhamos 13 anos, e foi um cataclismo, pois a beleza e a maluquice daquelas músicas, de "Something" ("a maior canção de amor jamais escrita", segundo Frank Sinatra, "por Lennon e McCartney", sendo de George Harrison) àquele medley ao final, que termina com "The End", e era de fato o fim, a última vez e que os Beatles tocaram todos juntos no último disco verdadeiro, aquilo abria toda uma galáxia de possibilidades e impossibilidades, que só atravessando pela faixa de pedestres em fila indiana, o enfermeiro, o padre, o morto e o coveiro, daria para saber como é. Como o fim de um amor, o fim de uma amizade ou de uma vida.

Mas não só de música vivia a criança. Ao lado de uma lata de lixo na rua, o garoto encontrou as folhas amarelas que eram trechos de um script da *Família Trapo*, o programa que assistia todo sábado e no qual, uma noite, apareceu Pelé, ignorado pelo rotundo mordomo da casa (uma casa que tinha um mordomo e era Jô Soares).

E também na TV, um comercial que terminava com um misterioso poema de Manuel Bandeira que o persegue até hoje,

> E na memória, em nova primavera,
> Revivesceu, candente como um astro,
> A flor do sonho, o sonho da quimera.

e se chama "*Vita Nuova*", e tem, sem sombra de dúvida, uma grande ascendência sobre certa letra que escreveu naquele disco perdido e que, por acaso — descobri agora — une a *flor* do último verso com o fim da palavra *quimera*. E dá "Flor da Espera".

Isso era música para os ouvidos daquela criança.

"Era uma banda devastadora, quase uma entidade física, portadora de uma promessa que parecia se estender muito além da música". Infelizmente não era a minha. Foi assim que o *New York Times* descreveu o John Coltrane Quartet, por ocasião da descoberta de um disco perdido do grupo, gravado em um só dia de março de 1963 e achado entre as coisas de Juanita, a primeira mulher de Coltrane. Ah, você poderia dizer, enfim temos algo em comum, nós e o John Coltrane Quartet: um disco perdido e reencontrado.

O meu disco estava dentro de um armário azul de porta de vidro que a gente chamava de Museu de Tudo. Era uma fita de videocassete entre outras fitas de videocassete. Nela, havia um rótulo onde estava escrito "FSV". Por alguma razão que desconheço, tal fita me escapou por quase dez anos, até ser reencontrada por acaso entre as coisas do armário azul de porta transparente. Esteve lá todo o tempo, o rótulo voltado para mim.

Por que uma fita de videocassete continha a master do FSV? Foi assim que o irmão do Thomas a gravou, alegando que era um esquema tão bom quanto, sei lá, uma fita de rolo. Não tenho a menor de ideia de como funcionou. Mas naquela tarde ou noite, afundado no sofá da sala, eu tirei a fita da redoma do vidro onde esteve guardada todos aqueles anos e a coloquei no aparelho de videocassete.

O que apareceu na tela foram os diagramas de som, movidos pela música perdida (e que parecia perdida há um século) do Funziona Senza Vapore. Esteve entre as minhas fitas de vídeo favoritas todo esse tempo, todo esse tempo entre brinquedinhos de lata, baratinhas antigas e outras pequenas coisas favoritas que ficavam em frente aos vídeos que eu não mais assistia, naquele armário azul de portas transparentes.

No final da década de 90, eu estava em outra revista, e reencontrei Stela, que havia voltado para São Paulo e trabalhava no jornal *Valor Econômico*. Ela seguia com seus projetos musicais. De repente, entre uma nova separação e uma trégua e uma viagem a Londres para gravar um disco temporão do Fellini na sala de visitas do Thomas, Stela me sugeriu que procurasse o Maurício, cujo pequeno selo, Outros Discos, estava nascendo. Ele se interessou pelo disco reencontrado.

Dois filhos, uma vida de cabeça para baixo outra vez. Estava morando num prediozinho coberto de hera no Sumaré, não muito longe do estúdio onde havia gravado o disco do FSV.

Tinha uma namorada. Ela era designer e fez a capa do disco.

Na minha memória, é uma coisa que durou um longo tempo. Ela diante do computador trabalhando num dos fotogramas de *Zero de Comportamento*. Agora era real: Jean Vigo havia entrado para a história do disco.

Também achei num almanaque o desenho misterioso de um homem de machado nas mãos lutando contra um polvo. Era como um trabalho de Hércules, um homem e uma luta hercúlea contra um polvo. Muito vapor. Nada simples. O contrário do nosso disco. Escrevi o nome da banda logo abaixo deles, homem, machado e polvo.

Virou uma insígnia. Aliás, era uma insígnia do tempo da primeira e única foto do FSV, feita no terraço do prédio do Ricardo. Homem e polvo já aparecem como símbolo, ao lado de uma sequência em que brinco com o cacto, da qual saiu a fotografia de olhos fechados à maneira surrealista. Essa foto é uma das poucas recordações de meus amigos em seu tempo de Funziona Senza Vapore. E também, por tabela, uma lembrança de onde saiu "Criança de domingo", com sua estranha infância.

O disco do FSV foi lançado, segundo uma notícia da *Folha*, no Café Concerto Uranus, em 16 de agosto de 2002, junto com o disco temporão do Fellini, *Amanhã é tarde*. Ricardo, Stela e Jair estavam lá, todos menos o Thomas. Fui na companhia da capista, ela usava um vestido vermelho, eu, um paletó de lã meio escocês comprado no Mercado das Pulgas de Paris, com a Maria, a amiga de "Valsa do Père Lachaise". Cantei Se V. for onde V. for com a Stela, que havia acabado de gravar a música em seu disco solo. E foi isso que a memória guardou daquela noite.

Amanhã é tarde traz uma das minhas canções favoritas do Fellini. "As Peles" é um retrato em branco e preto do que eu estava sentindo e fazendo naquela época: "Não olhe pra trás, lá atrás ficaram as peles", diz a letra. Só que eu não era uma serpente.

O disco é o mais triste que fizemos, como o sinal de uma severa depressão, um conto de duas solidões repetido na sala de visitas do Thomas em uma Londres que mal percorremos juntos, ele se tratando da hepatite C, eu me tratando da velha culpa. Ficamos por ali mesmo, domesticamente nas vizinhanças da Pellatt Road, em East Dulwich. Diz o poema:

Como é que se começa uma conversa?
Estranhos só falam do tempo
Mas nós não somos estranhos, muito pelo contrário
Ele está aqui na Europa vivendo a vida com a família

Na calçada, na mesa de uma cafeteria, conversamos, bebendo água e café
O que deve ser estranho para ele
Que não pode beber álcool

Acabamos de chegar de uma galeria do bairro
onde alguma coisa estava por acontecer
Cartazes de todas as cores colados na parede

Alguma coisa
estava por acontecer

Não aconteceu nada
Agora o sol bate forte no seu rosto doente

Em casa, quando toma o remédio para hepatite C

O único jeito é dormir, ficar plantado na cadeira,
vendo a vida passar
A pele macilenta, o olhar cansado
Exausto para tudo o que acontece

Ele sobe as escadas a passos pesados
e vai dormir

Nem o sol batendo lá fora
Parece animá-lo
Para o astro, ele apenas
franze o cenho
E anoitece

Sol aqui
É moeda rara, de ouro
Quando ele chega ao trabalho
ainda está escuro
e ele não é nenhum guarda-noturno

Por isso a conversa irá sempre para o passado
O passado conserva seu calor natural
Preferimos fechar os olhos e lembrar
Porque o tempo é cruel com as mulheres
Os homens pisam e repisam fatos ultrapassados

Agora ele empurra o carrinho de bebê contra o sol
Na direção da biblioteca pública
Ele e a filha se parecem, mas ela ainda não fala
Vai saber o que dirá quando crescer, em inglês
Sacudida desse jeito a caminho de uma biblioteca

Ele se arremessa contra o sol, de óculos escuros
Parece empurrar um barco contra a areia

Fico do lado de fora do prédio vitoriano
Vigiando o carrinho
Carrego uma máquina fotográfica amarela
Bem vagabunda, que tem a aparência
De uma câmera submarina

E assim vejo o mundo, a seco
A bordo de um submarino

Agora, chega de poesia.

Em casa, jaz uma pilha de caixas com os discos encalhados do Funziona Senza Vapore.

O disco não vendeu nada, o grupo teve uma vida curta e sem importância, mas você ficou com essa breve história para contar (*um* ano de vida, *uma* foto, *um* disco).

O que amas de verdade não te será arrancado.

Quando reapresentava o programa na TV, em uma estranha volta 15 anos depois, houve uma ocasião em que apareceram juntos o guitarrista do Police, Andy Summers, e Roberto Menescal. O programa ainda era ao vivo. Summers chegou em cima da hora: o motorista havia dado voltas inúteis. Ele estava de mau humor. Já era um roqueiro bem velho, embora não tão velho assim na aparência, o cabelo pintado e arrepiado, um nítido sinal de rebeldia cosmética, porque sabemos que o fim da banda nunca lhe fez muito bem. Estava enterrado na cadeira da sala de espera, a barriga tristemente saindo da camiseta, deixando o umbigo à mostra. Pensar que já fora dos Animals nos anos 1960. Era um velho roqueiro cansado de guerra.

Me disseram que nem tinha trazido a guitarra, que não queria tocar de jeito nenhum. Fui até ele, me abaixei, fiquei cara a cara e contei que era um fã, pedi que tocasse. Ele resmungou que não.

Então eu respirei fundo e disse: "Ok, você pode ir embora". E saí da sala. Me disseram que ele comentou, espantado: "*That fucking prima-donna just fired me!*", algo como "Aquela porra de prima-dona me despediu!".

Sim, mandei embora o guitarrista do Police, e o fiz porque estava bem pior do que ele: como equilibrar uma conversa ao vivo entre um inglês mal-humorado que não queria tocar nada nem falar do Police, enquanto Menescal, com quem ele estava se apresentando, fazia todo o trabalho? Pois fiquei só com o Menescal. Foi tão fácil mandar embora o guitarrista do Police. Por que tão fácil?

Depois, vi um documentário na TV sobre ele e sua banda antiga. É sempre um casamento que não termina bem.

Para mim, a história de Andy Summers ficou como uma mácula, ainda que seja contada como uma fábula cheia de graça, a de mais uma saída intempestiva. Não foi bem assim, na verdade.

Mas já faz tanto tempo. É hora de enterrar o Police, e sepultar outras memórias de vez. A memória da própria televisão, e a memória da música.

Não sinto saudade, "Não tenho um só osso nostálgico em meu corpo", ouvi a cantora Marianne Faithfull dizer num documentário no qual apresentava sua casa, e Mick Jagger aparecia em uma foto no banheiro do apartamento segurando a mão de uma Marianne ainda jovem e ainda bonita, de quem só sobrariam os olhos azuis transparentes e a voz cada vez mais rascante e envelhecida, de amante do Kurt Weill.

"Eu sou minha casa", ela também disse. A bengala que repousava num canto da sala de visitas resumia sua velhice; os livros estavam empilhados na cama, onde bem caberia uma outra pessoa. O nome disso é solidão, mas ela parece contente assim, a sós consigo mesma, essa Marianne que abre a porta da varanda, e entre plantas e ar puro, aponta para uma rua iluminada de Paris.

Aos 80 anos, Pelé sorriu e disse: “Entende”?

“Envelheço.
Que coisa estranha pra
acontecer com uma criança”
George Oppen,
poeta de Nova York, em carta a um amigo

A Mauro Gaspar, pela leitura intensa e pela própria criança de domingo que ele viu nascer, a Adriana Maciel, da Numa, a Aníbal Massaini, pelas notícias de Pelé no tempo do Cosmos, ao Mr. Purovic, uma figura sorridente sempre com a mesma saudação: “Ei, brasileiro, Pelé foi o maior! Da próxima vez, traga um jacaré pra mim”, ao Pedro, garoto Pelémaníaco, ao Antonio, pela música, a Stela, Ricardo e Jair, pelo Funziona Senza Vapore, a Nova York, pela régua e compasso, e a Dani, cujo amor nos trouxe para a cidade,

agradeço

EDIÇÃO
Adriana Maciel

PRODUÇÃO EDITORIAL
Marina Mendes

REVISÃO
Laryssa Fazolo

PROJETO GRÁFICO
Dupla Design

FOTOS
Capa
Carol Bueno
Shutterstock_Konstantin Egorychev
Shutterstock_SuperBankTH
Páginas 1, 34, 151 e 160
Cadão Volpato
Página 35
Carlos Mancini
4ª capa
Shutterstock_ SuperBankTH
Shutterstock_Por MH STOCH

Dados Internacionais de Catalogação na Publicação (CIP)
de acordo com ISBD

V931q

Volpato, Cadão
Que coisa estranha pra acontecer com uma criança / Cadão Volpato. - Rio de Janeiro : Numa Editora, 2021.

160 p. ; 14cm x 18cm.

ISBN: 978-65-87249-43-8

1. Memória. 2. Música. 3. Cadão Volpato. I. Título.

2021-3064 CDD 780
CDU 78

Elaborado por Vagner Rodolfo da Silva - CRB-8/9410
Índice para catálogo sistemático:
1. Música 780
2. Música 78

EDITORA

contato@numaeditora.com
@numaeditora
numaeditora.com

Este livro foi composto em Campton e Utopia e impresso em papel pólen bold 90g, na Gráfica Eskenazi.

NO PARKING
ANYTIME